Home *is where the heart is.*

生活·讀書·新知 三联书店

Born to cook

天生是饭人

修订版

欧阳应霁 著

Simplified Chinese Copyright © 2018 by SDX Joint Publishing Company.
All Rights Reserved.

本作品简体中文版权由生活·读书·新知三联书店所有。
未经许可,不得翻印。

图书在版编目(CIP)数据

 Home 书系／欧阳应霁著.—修订版.—北京:生活·读书·新知三联书店,2019.1
 ISBN 978-7-108-06367-0

 Ⅰ.①H… Ⅱ.①欧… Ⅲ.①社会科学-文集 Ⅳ.①C53

 中国版本图书馆 CIP 数据核字(2018)第 202047 号

修订版总序　好奇再出发

他和她和他，从老远跑过来，笑着跟我腼腆地说：欧阳老师，我们是看你写的书长大的。

这究竟是怎么回事？一个不太愿意长大，也大概只能长大成这样的我，忽然落得个"儿孙满堂"的下场——年龄是个事实，我当然不介意，顺势做个鬼脸回应。

一不小心，跌跌撞撞走到现在，很少刻意回头看。人在行走，既不喜欢打着怀旧的旗号招摇，对恃老卖老的行为更是深感厌恶。世界这么大，未来未知这么多，人还是这么幼稚，有趣好玩多的是，急不可待向前看——

只不过，偶尔累了停停步，才惊觉当年的我胆大心细脸皮厚，意气风发，连续十年八载一口气把在各地奔走记录下来的种种日常生活实践内容，图文并茂地整理编排出版，有幸成为好些小朋友成长期间的参考读本，启发了大家一些想法，刺激影响了一些决定。

最没有资格也最怕成为导师的我，当年并没有计划和野心要完成些什么，只是凭着一种要把好东西跟好朋友分享的冲动——

先是青春浪游纪实《寻常放荡》，再来是现代家居生活实践笔记《两个人住》，记录华人家居空间设计创作和日常生活体验的《回家真好》和《梦·想家》，也有观察分析论述当代设计潮流的《设计私生活》和

《放大意大利》，及至入厨动手，在烹调过程中悟出生活味道的《半饱》《快煮慢食》《天真本色》，历时两年调研搜集家乡本地真味的《香港味道1》《香港味道2》，以及远近来回不同国家城市走访新朋旧友逛菜市、下厨房的《天生是饭人》……

一路走来，坏的瞬间忘掉，好的安然留下，生活中充满惊喜体验。或独自彳亍，或同行相伴，无所谓劳累，实在乐此不疲。

小朋友问，老师当年为什么会一路构思这一个又一个的生活写作（life style writing）出版项目？我怔住想了一下，其实，作为创作人，这不就是生活本身吗？

我相信旅行，同时恋家；我嘴馋贪食，同时紧张健康体态；我好高骛远，但也能草根接地气；我淡定温存，同时也狂躁暴烈——

跨过一道门，推开一扇窗，现实中的一件事连接起、引发出梦想中的一件事，点点连线成面——我们自认对生活有热爱有追求，对细节要通晓要讲究，一厢情愿地以为明天应该会更好的同时，终于发觉理想的明天不一定会来，所以大家都只好退一步活在当下，且匆匆忙忙喝一碗流行热卖的烫嘴的鸡汤，然后又发觉这真不是你我想要的那一杯茶——生活充满矛盾，现实不尽如人意，原来都得在把这当作一回事与不把这当作一回事的边沿上把持拿捏，或者放手。

小朋友再问，那究竟什么是生活写作？我想，这再说下去有点像职业辅导了。但说真的，在计较怎样写、写什么之前，倒真的要问一下自己，一直以来究竟有没有好好过生活？过的是理想的生活还是虚假的生活？

人生享乐，看来理所当然，但为了这享乐要付出的代价和责任，倒没有多少人乐意承担。贪新忘旧，勉强也能理解，但其实面前新的旧的加起来哪怕再乘以十，论质论量都很一般，更叫人难过的是原来处身之地的选择越来越单调贫乏。眼见处处闹哄，人人浮躁，事事投机，大环境如此不济，哪来交流冲击、兼收并蓄？何来可持续的创意育成？理想的生活原来也就是虚假的生活。

作为写作人，因为要与时并进，无论自称内容供应者也好，关键意见领袖（KOL）或者网红大V也好，因为种种众所周知的原因，在记录铺排写作编辑的过程中，描龙绘凤，加盐加醋，事实已经不是事实，骗了人已经可耻，骗了自己更加可悲。

所以思前想后，在并没有更好的应对方法之前，生活得继续——写作这回事，还是得先歇歇。

一别几年，其间主动换了一些创作表达呈现的形式和方法，目的是有朝一日可以再出发的话，能够有一些新的观点、角度和工作技巧。纪录片《原味》五辑，在任长箴老师的亲力策划和执导下，拍摄团队用视频记录了北京郊区好几种食材的原生态生长环境现状，在优酷土豆视频网站播放。《成都厨房》十段，与年轻摄制团队和音乐人合作，用放飞的调性和节奏写下我对成都和厨房的观感，在二〇一六年威尼斯建筑双年展现场首播。《年味有Fun》是一连十集于春节期间在腾讯视频播放的综艺真人秀，与演艺圈朋友回到各自家乡探亲，寻年味话家常。还有与唯品生活电商平台合作的《不时不食》节令食谱视频，短小精悍，每周两次播放。而音频节目《半饱真好》亦每周两回通过荔枝FM频道在电波中跟大家来往，仿佛是我当年大学毕业后进入广播电台长达十年工作生活的一次隔代延伸。

音频节目和视频纪录片以外，在北京星空间画廊设立"半饱厨房"，先后筹划"春分"煎饼馃子宴、"密林"私宴、"我混酱"周年宴，还有在南京四方美术馆开幕的"南京小吃宴"，银川当代美术馆的"蓝色西北宴"，北京长城脚下公社竹屋的"古今热·自然凉"小暑纳凉宴。

同时，我在香港PMQ元创方筹建营运有"味道图书馆"（Taste Library），把多年私藏的数千册饮食文化书刊向大众公开，结合专业厨房中各种饮食相关内容的集体交流分享活动，多年梦想终于实现。

几年来未敢怠惰，种种跨界实践尝试，于我来说其实都是写作的延伸，只希望为大家提供更多元更直接的饮食文化"阅读"体验。

如是边做边学，无论是跟创意园区、文化机构还是商业单位合作，都有对体验内容和创作形式的各种讨论、争辩、协调，比一己放肆的写作模式来得复杂，也更加踏实。

因此，也更能看清所谓"新媒体""自媒体"，得看你对本来就存在的内容有没有新的理解和演绎，有没有自主自在的观点与角度。所谓莫忘"初心"，也得看你本初是否天真，用的是什么心。至于都被大家说滥了的"匠心"和"匠人精神"，如果发觉自己根本就不是也不想做一个匠人，又或者这个社会根本就成就不了匠人匠心，那瞎谈什么精神？！尽眼望去，生活中太多假象，大家又喜好包装，到最后连自己需要什么不需要什么，喜欢什么不喜欢什么都不太清楚，这又该是谁的责任？！

跟合作多年的老东家三联书店的并不老的副总编谈起在这里从二〇〇三年开始陆续出版的一连十多本"Home"系列丛书，觉得是时候该做修订、再版发行了。

作为著作者，我很清楚地知道自己在此刻根本没可能写出当年的这好些文章，得直面自己一路以来的进退变化，但同时也对新旧读者会在此时如何看待这一系列作品颇感兴趣。在对"阅读"的形式和方法有更多层次的理解和演绎,对"写作"有更多的技术要求和发挥可能性的今天,"古老"的纸本形式出版物是否可以因为在不同场景中完成阅读,而带来新的感官体验?这个体验又是否可以进一步成为更丰富多元的创作本身?这是既是作者又是读者的我的一个天大的好奇。

　　作为天生射手,自知这辈子根本没有真正可以停下来的一天。我将带着好奇再出发,怀抱悲观的积极上路——重新启动的"写作"计划应该不再是一种个人思路纠缠和自我感觉满足,现实的不堪刺激起奋然格斗的心力,拳来脚往其实是真正的交流沟通。

应霁
二〇一八年四月

序　我是饭人

曾经有那么三五年，频频走访生活在海峡两岸暨香港的新朋旧友，有幸到他们的家中，抱膝长谈，谈生活，谈创作，谈家居布置建构细节。朋友们也乐意我把这过程都用摄影用文字记录下来，整理出版，成为与更多读者朋友分享生活体验的一个机会。

其实在这好几年的丰富交往经历中，我从留意这些好朋友的书房藏书、工作室设备、用具以至衣橱服式这些可以直接反映主人行事性格的环境和物件，转而更集中留意大家各自厨房里的各种装置设备：从高端的厨具组合、家电配套到从各地跳蚤市场捡回来的古董级杯盘碗碟、刀叉匙筷。有的开放式厨房接连着饭厅，接连着书柜，都堆满与食物相关的中外食谱，有的冰箱里面长期堆满远近驰名的各种家乡特色食材。如果主人兴之所至，更会亲自下厨示范拿手好菜宴请来客，把自己最真挚的一面、最厉害的一手表现得色香味全，淋漓尽致。

走进这个那个各有性格特色的厨房，就像再多开一道门加开几扇窗，更进一步地认识这位那位朋友的生活态度以至做人原则。厨房和餐桌也成了一个交流和分享的平台。其实我们每个家庭最基本细致的关爱、沟通对话以至争执纠缠，不也就是围绕日常生活中的饮饮食食发生的吗？

所以在自己家里烧菜，到或远或近的不同朋友家做饭，甚至找片郊野或找个公园席地野餐，都是自然不过的乐事。其实身边很多朋友都经常在实践了，我只是比较多事，来往出入菜市场和厨房，跟杯盘碗碟、刀叉匙筷为伍，与四季不同食材做伴，背靠冰箱乘凉，以桌布做帐，在餐桌上饱甜熟睡……更伙同我的越来越嘴馋的摄影助手，把这烹饪过程都给好好记录下来，留个念，做分享。

看来这样的动作已成习惯，生活本该这样简单纯粹，那就借此机会正式把自己叫作饭人吧，而且更得承认，这饭人是天生的。

应霁
二〇一一年五月

目录

Contents

5	修订版总序　好奇再出发	
11	序　我是饭人	
18	缘来远方	Adele｜香港
28	家传飨宴	邓达智｜香港
38	劳动与嘴馋最光荣	张臣｜北京
48	治疗系午餐	克里斯朵夫｜北京
58	长安不靠谱	王旦｜西安
68	外卖时光	杨涵景｜厦门
78	草根香	张林｜厦门

88	面包遇上蘸酱	贺四 ǀ 台北
98	从桥边到桥头的本地滋味	Luc ǀ 高雄
114	二十年，两顿饭	陈瑞宪 ǀ 台北
124	筑梦山居	Lucy ǀ 吉隆坡
134	恰同学少年	扬泰 ǀ 槟城
144	娘惹恋	Auntie Rosie ǀ 槟城
154	喜乐分享	Tara ǀ 新加坡

164	直上天堂，往返人间	SinSin ∣ 巴厘岛
180	京生活料理	
182	元气教室	松永佳子 ∣ 京都
190	逐梦达人	奥出一顺 ∣ 京都
196	有机自疗	盐见昌史 ∣ 京都
200	惜旧立新	枝鲁枝鲁 ∣ 京都

208	性感延伸	Manix ǀ 巴黎
218	享乐煮妇，实在厨房	韩良忆 ǀ 鹿特丹
230	魔椅柏林	铭甫 ǀ 柏林
242	秋高，气爽，身心野餐	香港东龙洲
252	后记　共饭人	

缘来远方

那天中午准备了简单食物到你在香港离岛的家午餐,
确实是个美妙愉悦的回忆。

你不止一次说你非常喜欢这个极其偏远的临海小屋,
争取把这不只当一周末度假屋而要经常进住。
但你又说全心全意爱到最后、最极致就是能够放手,
这是我等俗人只能向往但暂时无法实践的境界。

Dear Adele,

  首先说一声对不起。经过跟自己的一番纠缠挣扎，还是决定这一趟没法跟你和朋友一道往秘鲁半月做灵修体验。

  还记得那天跟你聊天，听你述说两度秘鲁之行的神奇经历，马上冲动地说下回你若组团带路，一定跟随。但当接到你精心筹划的行程和出发时间，却发现和自己早已答允的好些工作计划时间有冲突——其实也就是自己未真正放开自己，无此胆色让种种未知肆意发生。当一个人长久安于在计划预算中行走，亦固守自己的某些生活习惯，就很难放松地不设防地随机放纵。也许说到底就是缘分未到，远方秘鲁的种种能量还是离我太远、太陌生。单单想象一下子身处当地，还是敏感得有点慌张，暗自担心一下子启动起来太投入，恐怕一去就不想再回来。嘿，这都是无聊借口。

认识现在的你,是在翻阅《明报周刊》和《明日风尚》的时装大片时。可是你做的时装形象又的确是跟别人的处理很不一样,模特在你的引导下就这么一站,衣服这样一配搭,一种属于这个时代的精神、属于你个人的气质就自然而生。你说来到人生这个阶段,生活与工作已经浑然一体,唯一的责任就是要"晒"(shine)自己——当日那一刹猛地要为这"晒"字寻一翻译,"活出""成就""光耀"等词都未能达意。因为我们都明白了解,从前把这当兴趣、当职业,但如今一举手一投足,其实就是自己,每个创作人所做的一切都是内里知觉的表现,内里料子有多少,自己心里有数,旁观的也一清二楚。

和你聊天实在痛快,因为不兜转、无冷场,马上就直指议题中心。但若不是由你亲口道出,也不知你长久以来经历了这么多挣扎才磨炼出如今的利落洒脱。你说你二十多岁前在香港的童年和移民加拿大的青少年阶段完全是"一片空白",只是不断重复着一些开脱不了的苦闷。就像必须经过曲折漫长的黑暗巷道走到最后才看见微弱的光。当终于由自己拿定主意要独个儿回香港展开新的一页,如梦初醒,才正式开始"生存"。

回香港的头五年,你毛遂自荐闯进了媒体行业,在总编的慧眼赏识提携下,倒没有马上驾轻就熟地用上你的时装专业知识,却重拾起放下了九年的中文,苦苦翻查字典写起了文字专栏,当了专题主编,五年来在媒体行走就是本着有话要说的冲动。但在这些以消费做主导的着重"外表"的杂志的运作体系中,要争取表现"内涵"实在也不是一件容易的事,更何况更多时候是自己的

自尊心（ego）在作怪，还摆不平工作与个人之间的矛盾微妙关系。而当你决定要让这物质世界的虚像在你眼前幻灭时，就是你离开媒体真的重返大自然的一天。

你的果断足够叫我们这些只说不做（或者做一点点）的家伙汗颜，接着的五年你真的就回到乡间耕起田来。你说你要重新记起与大自然的关系，认识明白大自然的节奏，与土地交换各自所需要的能量。你开始茹素，开始接受作物与动物间相生相克的自然规律。但随着儿子的出生，随着你与孩子父亲感情关系的变化，你发觉自己更渴望的是一种没有对错掣肘的全方位的与大环境一致的融合，所以经过反复考量，你又毅然放下农耕和素食，重新以自由媒体人身份，用自己的眼光角度去演绎生活时尚。这就是最近这几年来我所认识的你，听你娓娓道来我才明白你为何与众不同。

　　而更叫我感到好奇的是，你说过你自小以来都不认为自己归属一个地方，不属于中国、加拿大，甚至不属于这个地球——说来我真的怀疑你有可能是外星来客。但当你第一次踏足南美秘鲁，通过颜色、声音、味道、接触，你忽然感觉自己跟这遥远古老国度的联系，当你第二次回到秘鲁，你强烈地领受到那来自土地的能量在与你强烈互动相通，加上当地萨满的指引，传统通灵仪式的体验，你更确定自己属于这地方，到了一种离开之后日思夜念的地步。但你也够清醒，明白这地理上的阻隔会叫人痛苦，所以你放缓心情，用书写分享体验，有机会也组织身边朋友前去亲身体验。我这回是无缘分，白白错过，但总相信有朝一日一定跟随成行。

　　还得告诉你，那天中午准备了简单食物到你在香港离岛的家午餐，确实是个美妙愉悦的回忆。你不止一次说你非常喜欢这个极其偏远的临海小屋，争取把这不只当一周末度假屋而要经常进住。但你又说全心全意爱到最后、最极致就是能够放手，这是我等俗人只能向往但暂时无法实践的境界。不过无论如何能够为如你一样对生活有那么多有趣感触的朋友好好做点吃的喝的，让大家稍息一下、高兴一番，都是我的荣幸，也该都是我们理解的正能量的补充吧。

　　在你出发往秘鲁前给你写这封信，期待半个月后见面分享你的奇妙旅途体验，祝一路顺风！

应霁
二〇一〇年一月一日

红菜头松子沙拉

材料：
红菜头	3个
松子	适量
青柠檬	1个
盐	少许
橄榄油	适量
现磨黑胡椒	少许
沙拉蛋酱	2匙

- 先将红菜头洗净去皮，切成薄块，下适量橄榄油和沙拉蛋酱拌匀，挤入柠檬汁拌匀备用
- 烤香松子并下海盐调味
- 红菜头置碟中，撒上烤香的松子
- 磨进少许黑胡椒，一盘充满泥土生鲜气息和滋味的凉拌活现眼前

柚子鲜橙沙拉

材料：
鲜橙	2个
西柚	1个
柠檬	半个
鲜薄荷叶	1束
开心果	30粒
去核蜜枣(dates)	8粒
橙花蜜糖	5匙

- 先将开心果去壳取果肉备用
- 蜜枣切成小粒
- 薄荷叶冲水洗净拭干，将叶片摘出随意撕碎备用
- 将西柚去皮切厚片
- 将鲜橙去皮切厚片，并与西柚一道铺在碟上
- 将薄荷叶铺在鲜橙和西柚片上
- 将开心果及蜜枣随后撒上
- 柠檬切半，将柠檬汁挤洒于果盘中
- 浇进五大匙橙花蜜，可作为前菜或者甜品的中东风味活现眼前，急不可待入口

茴香芯凉拌配三式意大利风干肉

材料：
茴香芯	3个
橄榄油	适量
三种意大利风干肉	各8片

- 先将茴香洗净，去皮留芯部，切成细条，以橄榄油略拌
- 配以巴马火腿、黑胡椒风干肉和猪油膏片同食

番茄意大利面

材料：
红番茄	8个
番茄干	8片
蒜头	2球
红辣椒	3个
意大利芫茜	1束
橄榄油	适量
原砂糖	2匙
盐	适量
意大利面	半包

- 先将番茄干冲水拭干切细备用
- 蒜头去衣，三分之二切细粒，三分之一切片备用
- 番茄洗净，切小块备用，并切碎红辣椒
- 水烧开后放入意大利面并加适量盐
- 烧红小锅，下油先爆香蒜粒
- 将切碎的红辣椒和番茄放下同炒
- 将三分之二番茄干放进拌炒
- 待番茄炒软后下两大匙糖调味
- 熬煮至蒜粒、番茄溶软成稠酱状，不断搅拌以防粘锅变焦
- 同时以小锅炸香蒜片和余下三分之一番茄干，起锅备用
- 面条煮好后放入番茄酱拌好
- 上碟后放上炸香的蒜片和番茄干，加芫茜伴碟提味

意大利桃香餐后酒

家传飨宴

嘴刁贪食如我绝对不在元朗乡间范围以外吃盆菜，
怎么也要等到一年一度这个好日子，
热热闹闹，高高兴兴，
一尝再尝联哥与一众助手尽心尽力承传的
传统真滋味。

一层一层地把堆叠盆中的白萝卜、猪皮、土鱿、枝竹、
炆猪肉、炆冬菇、炸门鳝、手打鱼球通通吃个够，
还有 William 今年与联哥商量之后特别配搭制作的
黄酒鸡、了酸猪手、炖陈皮鸭汤。

9:10am

　　大年初三，早上九时三十分，港铁西铁线天水围站月台，我比约定的时间早到了半小时。

　　不用舟车劳顿，不用左顾右盼，从离岛家里到这里不用一个小时，便捷的交通工具把时空、人际、物事连接，压缩又延展。犹记得才是那么三五年前，从市区来此得兜兜转转花上半天的时间，心情转换数番，铺排出完整的冀盼、过渡、等待、领受、体会、得失。

　　如今是方便得有点不知所措，利落得有点简陋，虽然当中有着大众对发展及速度的虔诚膜拜，不敢随便挑衅。

　　刚才从明亮光洁的车厢里往外望，窗外的青山绿树和新建楼房、堆叠货柜的比例已经倾斜，也无所谓接受不接受这个事实，反正就得更坦然地进入这个时代，不被这仓促零散影响了吃饭的情绪。更何况今天身临现场就是要开怀大吃，出席老友邓达智（William）一年一度在元朗屏山邓氏宗祠为母亲祝寿的盆菜宴。

10:30am

　　聚星楼，作为元朗屏山文物径的起点，是一座重修后只剩下三层的古塔。曾几何时，该在乡里生活占一个显赫位置，如今被四周混搭式样的民居、铁路、车站、高层私人住宅群团团围得有点孤独落寞，但总算得体地作为一个欢迎各方游人的地标。沿路进去，经过的社坛、上璋围村、杨侯古庙和庙前草地外的一口古井，都得在行走中用想象把这些景物与老友年少时期于此嬉戏穿插的情状补充连接，自行加减出一众都市人对乡居生活的认知理解。对此William应该会是忍俊不禁的，可他却是连年大方好客地广邀友好，让大家在新年伊始好好体验感受真材实料、朴拙无华的农家口味,将家宴办成一场文化飨宴,名闻八方、有口皆碑,也真是这位老友的年度心血杰作。

来到这幢于 2001 年被列为香港法定古迹的三进两院的邓氏宗祠,女工正在张罗铺设今晚盆菜宴的桌椅。有这样一个传统建筑空间让邓氏族人进行祭祖、节庆仪式和聚会,说来也是祖先积的德、后辈托的福,我等朋辈就是纯粹的有口福。

11:48am

一身运动员打扮,William 骑着自行车来到宗祠前和我们打招呼并引路前行,经过文物径上两个重点景观——觐廷书室和清暑轩,把我们带到村口一家为今晚飨宴提供地道传统美食的店。

打着"屏山传统盆菜"的招牌,主持人联哥是祖传三代的烹调盆菜高手。做盆菜,是几百年来聚居新界的各乡村民在家族重要事件诸如嫁娶、添丁、满月以至打醮、春秋二祭时主人家为动员人力亲手弄制宴请乡亲的食俗,乡人的叫法是"打盘"。相传盆菜起源于南宋时期,文天祥与麾下士兵被元兵追杀过零丁洋至新安县滩头,部队落难,有米粮无配菜,由当地渔民拿出平日食材如门鳝、干鱿鱼、枝竹、白萝卜与猪肉等,放入一个木盆中送予士兵,一盆共煮,流传至今。

近年,盆菜已经俨如香港这个国际都市的乡土饮食的一大代表,市面坊间上至高级食肆下至连锁快餐店,过年过节都会推出盆菜应景招徕顾客。唯是一离开乡土氛围,换了高档食材的显得忸怩造作,凑并了异国风情的又实在牵强可笑,所以嘴刁贪食如我绝对

不在元朗乡间范围以外吃盆菜，怎么也要等到一年一度这个好日子，热热闹闹，高高兴兴，一尝再尝联哥与一众助手尽心尽力承传的传统真滋味。一层一层地把堆叠盆中的白萝卜、猪皮、土鱿、枝竹、炆猪肉、炆冬菇、炸门鳝、手打鱼球通通吃个够，还有 William 今年与联哥商量之后特别配搭制作的黄酒鸡、了酸猪手、炖陈皮鸭汤。

赶快来看，师傅正要把两大盆每盆十一只肥鸡放进蒸炉，油黄的肥鸡上铺满了姜蓉、冰糖，浇进了自家酿制的黄酒。

12:50pm

正值午饭时候，我婉拒了联哥联嫂的好意，没有和店里一众员工用餐。其实热腾腾端出的腊味饭很是吸引人，但答应了 William 相约在屏山附近洪水桥轻铁站旁的"大发茶餐厅"，一尝去年拿到第一届"金茶王大赛"金奖的赖师傅的浓郁香滑丝袜奶茶，还有最平民地道的加入了苦瓜片和高丽菜丝现炒的足料炒饭，一盘酸甜的洋葱蜜汁脆鳝也是下饭下酒的绝配。店堂已够宽敞，但依然人山人海，附近的街坊加上刻意到访的顾客，济济一堂，美食至上。

老板彭先生，茶水档站岗的少东主阿威，"茶王"明哥，一一十分客气地过来边打招呼边谦虚地听意见。其实这些街坊食肆能够上下一心、敬业乐业，照顾方便一众邻里的日常饮食需要，我们这些路过的食客真是由衷感激、心存敬意。

1:45pm

　　手机响起,厦门老友 D 已经到了村口正等着。回香港探亲的他真有口福,一定要请来吃这一顿饭。说来这些乡间食俗在全国各地农村都有,只是在超速硬发展的今时今日,天翻地覆后,土地变了、食材变了、口味变了、人际关系变了、经济结构变了,那些老好氛围和原来滋味不再一样。游客一厢情愿追捧的农家菜究竟经过了多少商业包装掺了多少水,没有反复比较的品尝机会是无从得知的。所以更要珍惜这些有心人坚持传承的尽量接近本源的家宴,当私房菜口味有幸变成集体回忆,与会一众都会在饱醉之后慨叹不枉此行。

2:18pm

　　老友 D 是在广州长大的,也是我所认识的正宗广州人中说起话来最没有广州腔的,我们都笑说他大概自少听太多香港流行歌曲,看太多香港电影。年来因为工作和音乐,我走了好些地方,现时定居厦门,一个传说中闲散的慢活的城市。每回碰上 D,他都会第一时间告知厦门市内哪里的老旧地段又拆了又改了,一切都在急剧发展变化中。所以跟他从坑尾村口的一般民居走到别有一番风景的邓氏宗祠,把我震撼得哇哇连声。

　　屏山邓族宗祠由五世祖冯逊公兴建,至今已有七百多年历史,这幢三进两院式的中国传统建筑,正门前两旁是鼓台,各有两柱支撑瓦顶,内柱为麻石,外柱则为红砂岩,大门对联上书"南阳承世泽,东汉启勋名"。由于邓氏族人中曾有

人身居朝廷要职，宗祠正门不用有门槛，从红砂岩过道内进，大厅上的梁架满布精美雕刻，有动植物和吉祥图案，仰望屋脊，可以看到石湾鳌鱼和麒麟装饰。后进是供奉邓族先祖神位的祖龛，两侧高挂着"孝"和"悌"两个大字，宣扬对长辈要尽孝、对平辈要相亲相爱的美德操守。

3:20pm

　　骑着自行车的William又回来了，把我们领进就在宗祠旁边的他家的祖屋：这幢典型的南方村落民居建筑已有三百多年历史，由他曾祖父、祖父、父亲一直传下来，保留得大致完整且一直在居住使用，在此区以至全香港都算仅有。我们一众友人常在这被保护的文物古迹当中，在这铺满淡青地砖的空间里，在这些随手捡来的山石和拙朴的陶瓶土罐旁，在友人相赠的字画和民间的刺绣挂帐下和William喝茶聊天，听他述说这里的乡风习俗，聊起屋檐下、山野间、河溪旁的他的童年往事，叫我们这些在城里市区长大的人好生羡慕。我们也绝对明白正是这些乡间生活的养分成就了William作为一位时装设计师和旅游生活作家。当年他把村妇劳动服，把20世纪二三十年代的长衫重新演绎，又把素人书法家"九龙皇帝"曾灶财的涂鸦巧妙混入设计，甚至以黑社会混混的服饰风格为主题肆意发挥，他的敏锐触觉、独特见地、率性态度，在香港本地一度争议不断，却在惊讶中赢得国际掌声。一方水土养一方人，这个尽领风骚的乡下坏孩子一直都是香港创作界的好榜样。

4:50pm

　　早上刚进祠堂时，女工们还在铺设安排晚宴的桌椅，现在一切早已准备就绪。总厨联哥也把在店铺厨房烹煮好的菜肴逐一移到宗祠里附设的灶间，准备当场现煮屏山特色鸡鸭饭，把已经先后各自煮妥的自发土鱿、五香猪皮、南乳枝竹、白萝卜、手打鲛鱼丸层层叠叠摆放进盆中。鸡汁烩花菇喷香扑鼻，炆猪肉当场炆煮，黄酒鸡也蒸好揭锅热腾腾登场，师

傅们手起刀落正在忙碌摆盘，越来越多的宾客陆续走进宗祠，都迫不及待地先到厨房闻香，嗅一下，色香味之诱实在难熬。

5:40pm

都来了都来了，旅游发展局的公关同事带着一大群国外的媒体朋友到来，将岭南乡间的贺年和贺寿风俗全方位展现，机会难得。部分邓族家人特别从海外归来拜年拜寿，八方嘴馋贪食好友早已把这一年一度的年初三屏山盆菜宴视作回家与亲朋戚友团聚的好日子。以美食为导引，比平日那些正经八百的什么文化研讨论坛实在精彩得多。老中青新朋旧友，写字的、画画的、跳舞的、唱歌的、从政的、传道的、掌厨的都一一出现，嘘寒问暖，握手拥抱，笑闹声传遍整个宗祠。

6:40pm

这边厢趁宴席开始前还正在跟阔别一段时日的烹饪前辈请教烹制五香茶叶蛋的独门秘技，那边厢在宗祠门外大锣大鼓迎来两只生猛灵活的舞麒麟。平日在大时大节和开幕庆典中，舞狮舞龙看得多，但看舞麒麟倒真的是印象中的第一次。两个青年武师威风登场。一人托举挥舞着精工扎作的彩绘夺目的麒麟头，一人躬身持举着彩缎麒麟身，在喧天锣鼓声中来回弹跳起动，活泼可爱。遵从风俗惯例，领着麒麟的另一位师傅把这灵兽引到祠内每个角落，多番来回团转，煞是有趣。麒麟到处，那几围的宾客都站起来拍掌欢呼喝彩，融入传统风俗本就是日常生活里自然不过的快乐的事。

屏山传统盆菜：

炖陈皮鸭汤
屏山黄酒鸡
手打梅花鲛鱼丸
炸鲜门鳝鱼
鸡汁烩花菇
了酸猪手
炆本地鲜猪肉
自发土鱿
五香猪皮
南乳枝竹
白萝卜
屏山独有鸡鸭饭

7:15pm

千呼万唤，早已团团围坐的一众开始哇哇连声。先出场的是从早到晚炖了整整十小时的陈皮鸭汤，汤色清澄，味道鲜甜，作为提味用的陈皮幽香四溢，鸭肉也异常滑嫩，入口即溶。再来是鸡汁烩花菇、炸鲜门鳝和了酸猪手,花菇炆得软腍入味,门鳝炸得外酥肉嫩,猪手滑糯适中。正在赞不绝口之际,主角盆菜终于出场,大伙就真正哄闹了。次序讲究、堆叠如小山的整整一大盆,铺在最上面的有炆得松化的本地猪肉,弹牙的手打鲮鱼丸,脆滑的土鱿,阵阵南乳浓香的猪皮和枝竹,水炝的白萝卜在盆的最下面,饱吸肉汁酱味,精彩到不行。同台老饕风闻此间那独门的鸡鸭饭已经在厨房外被分得七七八八,马上持碗离台加入战圈,这也正是被称作"神仙鸡"的黄酒炆鸡上桌之时。等他们持饭回来,一大盘鸡已经被消灭了一半。

色香味全、幸福美好、传统满载的一顿饭,喧哗热闹兴奋进行中。

劳动与嘴馋最光荣

对于我们这些自小生长在南方，
而且习惯处身于一片钢筋水泥森林的人来说，
北方的农家院子还是有它的吸引力。
老张家的这个房舍和院子，
基本上保持原来的朴素格局，简单干净，
目的就是让小女儿在假日课余有个贴近郊野土地的机会。

而我们这些"小朋友"也难得有脱离城市繁嚣纷扰的机会，
所以一进门也就十分自在地跑来跑去，
如果不是已经开始有点肚子饿的话，
也很难把大家召集起来帮忙张罗
这即将出现的一桌美味。

不劳而获是可耻的——每个小朋友都该被师长这样训导过。

但在每个小朋友慢慢长大之际,正如你我都曾经历过的那一段不怎么需要负责任的日子,总有那么一些人会宠你爱你,例如完全不必动手就有人将现场烧烤得香喷喷的鸡翅膀递到你面前,你理所当然地收下,没有一点罪恶感,道声谢谢,然后一边啃着骨头一边傻傻地笑。

这样的美好时光现在偶然还会出现,叫我这等懒人十分享受,十分向往。说实话,我还是不太懂"煽风点火",也没有太大耐性坐在烤炉旁轻捻慢拢,所以一听说大家要烧烤,我就争先恐后地跳出来扮演那个设计菜谱然后买菜买肉的角色,做自己力所能及的事。

跟老张是在意大利拍摄旅游日志时认识的,一见如故,早晚分享着过往各自在路上的经历。经常与太太和小女儿一起旅游的他,家住北京,在京郊宋庄还有一个度假的农家院子。所以那天晚上在罗马一家颇有格调的餐厅里喝着红酒吃着生火腿和乳酪时,我就跟老张说下回到北京的时候要到他那院子里去玩,老张爽快答应:"来来来,来我家烧烤。"

事隔不到两个星期,我就像回家一样和一大帮人高高兴兴地在老张的院子里出现了。我们还起个早,跑到超市和农贸批发市场买来一大堆食材。我这个不问结果却视过程为最大享受的家伙,在超市里还第一时间比对过进口的瓶装黑胡椒和国产的价格分别,当区别不大时,当然是爱祖国用国货。然后在批发市场的水果摊和蔬菜摊中我简直是疯了,柿子、枣子、梨子、石榴、小黄瓜、洋葱、蘑菇、茄子、大葱、辣椒、香菜等便宜的先买了一大堆,路上也一直盘算着如何把这些新鲜颜色配搭出自家美味。

对于我们这些自小生长在南方,而且习惯处身于一片钢筋水泥森林的人来说,北方的农家院子还是有它的吸引力。老张家的这个房舍和院子,基本上保持原来的朴素格局,简单干净,目的就是让小女儿在假日课余有个贴近郊野土地的机会。而我们这些"小朋友"也难得有脱离城市繁嚣纷扰的机会,所以一进门也就十分自在地跑来跑去,如果不是已经开始有点肚子饿的话,也很难把大家召集起来帮忙张罗这即将出现的一桌美味。

明知山有虎,偏向虎山行——都说烧烤会上火、会"热气",所以我这个主持大局的也刻意做好这个平衡,买来了大量蔬果:

洗净切好生吃的有,与蘸酱拌好的有,快火烤好趁热吃的也有,都保证这些鲜嫩爽甜多汁的蔬果能够在最好的状态下,保持该有的维生素和纤维,与那些分量不多但精挑细选的牛排、鸡腿鸡翅、羊肉串巧妙配搭,让大家不致一面倒地成为食肉兽。而为了让大家对烧烤这个必须人人动手的过程不生厌倦,我就肆意发挥那些从这里那里偷来的嘴馋贪食的小聪明——烤南瓜的时候揉破青提子挤进一些果汁和果肉以添清香,烤鸡翅的时候撒进一些芝麻更见惹味,鸡腿烤好之际撒上辣椒粉和放上小块的黑巧克力变身南美情调,做柿子蘸酱的时候放入切成小丁的蛮有嚼劲的柿子干丰富口感,放进石榴子的普通酸奶马上提升了好几个档次。

　　边做边吃,边吃边做,烧烤无疑是一场色香味全的集体劳动。志在参与也目睹这满桌的又简单又好吃的美味被旋风式一扫而光后,老张开玩笑说该密谋找个投资人来开一家如此这般的烧烤店,我说不要把我吓跑。人所共知,轻松贪玩地为自家朋友服务最愉快,这样的劳动最光荣。

柿子蘸酱（六人份）

材料：
- 熟透柿子　　5个
- 柿干　　　　2个

- 将柿子剖开，以勺子挖出软滑果肉
- 将柿干用温水洗净，拭干，切成小丁
- 将柿干丁拌进柿肉成蘸酱，配牛排最好

辣味巧克力鸡腿（六人份）

材料：
- 鸡腿　　　　12只
- 海盐　　　　适量
- 黑胡椒　　　适量
- 辣椒粉　　　适量
- 黑巧克力　　1小排

- 鸡腿洗净拭干，用海盐和现磨黑胡椒调味
- 烧烤得金黄焦香，撒上适量辣椒粉提味
- 上碟时将压碎的黑巧克力置于鸡腿上，片刻融化，添上南美风情

烤羊肉串配红洋葱小黄瓜（六人份）

材料：
- 羊肉串　　　18串
- 小黄瓜　　　3条
- 红洋葱　　　2个
- 孜然粉　　　适量
- 辣椒粉　　　适量

- 先将小黄瓜洗净切圆片，红洋葱去皮洗净切片，备用
- 羊肉串边烤边撒上适量孜然粉及辣椒粉
- 羊肉串烤熟时与小黄瓜、红洋葱置碟，上桌共食

石榴子酸奶蘸酱

材料：
- 石榴　　　　1个
- 稠度酸奶　　1盒
- 玉桂粉　　　适量

- 先将石榴剖开，剥取石榴子
- 酸奶置碟中，随手放进石榴子，略拌
- 撒上少许玉桂粉，更添中东风味

烤什菌

材料：
- 鲜冬菇、鸡腿菇、金针菇、滑菇以及各种鲜菌　各半斤
- 海盐　　　　适量
- 黑胡椒　　　适量
- 橄榄油　　　少许

- 将各种菌类洗净后拭干
- 烤时轻涂上适量橄榄油
- 烤好前撒上适量的现磨海盐及黑胡椒调味

烤茄子

材料：
- 茄子　　　　2个
- 橄榄油　　　适量
- 海盐　　　　适量
- 黑胡椒　　　适量

- 茄子切片，边烤边涂橄榄油
- 烤好前撒上现磨的海盐和黑胡椒调味（同样用于烤大葱、南瓜等蔬菜）

百里香烤牛排

材料：
- 厚切牛排　　2块
- 海盐　　　　适量
- 黑胡椒　　　适量
- 百里香草叶　1束

- 先将牛排用冷水冲洗去血水，拭干
- 以现磨海盐及黑胡椒调味腌约半小时
- 烤时将百里香草叶束放牛排下，留意不抢火过分烧焦
- 烤好前可再撒上海盐及黑胡椒提味

杞子蜜枣梨汤

材料：
- 梨子　　　　5个
- 蜜枣　　　　12粒
- 杞子　　　　4两
- 红糖　　　　适量

- 梨子洗净去皮切大块，置锅中加水猛火烧开
- 蜜枣洗净置锅中共煮
- 转小火加洗净之杞子，并以红糖调味，清润温暖降火

治疗系午餐

接近中午下班时间，各路贪食好友陆续到齐，
当中有克里斯朵夫当年认识的台湾好友们，
也有一对法中伴侣，大家偷来这个空，
分享这口腹和精神的愉悦。

清甜、鲜嫩、浓香、丰腻、甘美，
这些日常口头用语都不足以完整形容
当下最真切的味蕾体验。

欢天喜地地约好要到克里斯朵夫先生家吃饭，打算从他这里偷师两三道比利时菜和法国菜，可是到达北京的第一天，我就吃坏肚子了，嗓子哑了，病了。

对于一个嘴馋的家伙来说，病从口入当然是个警告，也是个宿命。没有想到旅馆旁边那家新派云南菜生意有这么红火，贪新鲜加上贪方便，一连两顿独个儿吃，大伙边开会边吃，就吃出个状况来。

但地球还是要继续转的，哑着嗓子跟克里斯朵夫先生再确定地址和时间，希望他不觉有异。他说其他客人都已经约好了，大家在平常上班日子也都兴致勃勃地逃出来放肆一下，尤其是克里斯朵夫发的请帖。身边一众熟悉的甚至不太熟悉的贪吃鬼都无法抗拒，闻风而至。

间接认识克里斯朵夫已经好几年，他是我台湾老友的老友，比利时人,在台湾念中文,辗转来内地工作发展,经营自己的与汽车资讯相关的专业顾问公司。对于他的专业,我这个门外汉就只有坐在一旁听的份儿,只是一味张开口呵呵反应,原来市场已经翻腾成这样那样。但说到克里斯朵夫的业余兴趣,却发觉他实在比专业更专业。几年前到他在北京的第一个家,已经指着墙上挂着的他的摄影作品猛说佩服佩服。听说他更厉害的是一手自学而成的绝对足够行走江湖的厨艺。上一回错过了,一等竟然是两三年,难得有如此机会,能够在他的更宽敞光亮而且有阳台景观的家来一顿轻快午餐,又岂可让小病骚扰!

我始终相信追求美食同道有缘,夸张起来有如信仰自成教派,而最神奇的是无论当下琐事有多繁杂,心情有多郁闷,一想到吃,一谈到吃就如云破天开,精神爽利。约好克里斯朵夫要先到就在他家附近的他平日买菜的三源里菜市场走一转,只见他连跑带跳地走进市场,一路跟摊贩点头问好,也太清楚自己该到哪里去买新鲜硕大的扇贝,哪里去买刚刚上架的苹果,哪里去买来自东南亚的椰奶。每个爱吃爱下厨的人在菜市场里都会如鱼得水,加上克里斯朵夫一口流利中文,与摊贩沟通畅快无阻,转眼已经把今天马上要用上的食材妥当买好,满载而归。跟他这样像

巡视业务般兜了一转,我实在比他这个老外更像外地人,这也叫我再一次认定菜市场是一个绝佳的文化交流场所和创意灵感基地,不管你的皮肤和眼珠是什么颜色,说的是哪一种语言,只要你对食材好奇,对吃喝有追求,菜市场当中众多的物种和人事,从颜色形状到气味和声音都会碰撞刺激出对美味的思念回忆和冀盼想象,让投身其中者马上有灵感和启发,一心要在厨房里有所表现发挥,赢得一众掌声。即使是谦逊而且温柔如面前这位比利时先生,其实说到自家的拿手菜,还是信心满满的自豪自傲,不会客气。

经常要到中国不同的城市出差(顺便玩耍)的克里斯朵夫,肯定也吃遍不少地方特色菜肴,可是今天要做的却是纯粹的欧陆风味,足以拿个沉甸甸的欧盟勋章:从西班牙特色头盘番茄冻汤,有法国南部味道的煎扇贝配苹果奶油酱,到有家乡性格的比利时力夫(Leffe)啤酒炖牛肉,再以现烤软心巧克力蛋糕为甜点做结,一路配上轻重得宜的葡萄酒,利落明快的一顿惬意午餐,在他的铺排下无难度地展现。

　　作为一手策动这顿午餐的策划人,我这趟可真是深深体会到小病是福的含义。平日在人家地盘本也会忽然技痒,忍不住打打下手做帮工,但这回就奉男主人的命,乖乖地在偌大的客厅中沙发里闭目养神,直到半开放式厨房里飘出诱人香气,杯盘开始乒乓作响,我这躲懒的家伙迫不及待起来往厨房里探头窥望。

　　面积不大的厨房里井然有序,一派专业架势。我毫不怀疑这位老兄有天心血来潮会弄出一家十分像样的欧陆小餐馆,但私心作祟倒希望只由一众友人来"分享"这位主厨就更好。

　　接近中午下班时间,各路贪食好友陆续到齐,当中有克里斯朵夫当年认识的台湾好友们,也有一对法中伴侣,大家偷来这个空,分享这口腹和精神的愉悦。清甜、鲜嫩、浓香、丰腻、甘美,这些日常口头用语都不足以完整形容当下最真切的味蕾体验。一般来说小病对细致专心地品尝真味有点妨碍,但对我来说也正需要这样的色香味治疗——视觉系、嗅觉系、触觉系、声音系,都因某些暂时性的阻障而有更大的渴求需要,在这个人人自疗与互疗的治疗系时代,治疗系午餐自然不过,过瘾非常。

番茄冻汤

材料:
西红柿	6个
红椒	2个
青瓜	2个
洋葱	1个
蒜头	半球
白面包	2片
盐、黑胡椒	少许
橄榄油	少许
醋	少许
罗勒叶	少许

- 先将西红柿在沸水里煮三十秒,去掉表皮。其余蔬菜分别切细,放在搅拌器内打成蓉,加进橄榄油,然后放进冰箱,冷藏约半天
- 取两片白面包,去皮,把面包撕成细片。浸满红酒醋,然后放进冷藏好的蔬菜蓉里,以搅拌棒在汤中打成蓉。以盐、现磨黑胡椒及红酒醋调味
- 搅拌得幼滑的冻汤还得以滤网过滤,才得到绵滑的口感。 上碟时加入撕细的罗勒叶及几滴橄榄油即成

比利时啤酒炖牛肉

材料:
牛肉	600克
洋葱	4个
甘笋	4个
月桂叶	3片
百里香	1束
比利时啤酒 (Leffe dark beer)	1支
醋	少许
黄糖	少许
芥末	少许
法式长面包	1条

- 牛肉粒先以盐、黑胡椒粉稍腌,蘸点生粉,然后在很热的锅里加两片黄油,熔化后放进牛肉粒煎至面面焦香
- 再以黄油起锅,将洋葱丝炒至焦软,然后再炒熟甘笋
- 以上三种材料放在锅里,倒进啤酒、月桂叶、百里香、盐和黑胡椒,以大火煮沸后,改以小火煮约两小时,边煮边搅拌一下以防粘底,直至牛肉粒变软
- 将芥末涂在面包片上,然后加进锅里一起再煮半小时便完成

煎扇贝配苹果奶油酱

材料:
扇贝	2打
苹果(伴碟用5个,酱汁用3个)	8个
苹果香槟	1支
大葱	1根
蒜头	2颗
橄榄油	适量
盐、黑胡椒	少许
番芫荽	适量
牛油	约50克

- 先准备作为伴碟吃的烤苹果,把烤箱预热。将苹果削皮去核,切成细块
- 平底锅先以冻黄油涂匀,把苹果铺在锅里,然后放上几片厚黄油,推进烤箱中,150℃烤约半小时后,把苹果肉翻一翻,继续再烤半小时
- 把扇贝肉从壳中挖出,以清水冲洗一下。将扇贝裙边的贝肉切除留作酱汁用
- 开始做酱汁。把一只扇贝肉剁碎,其他贝边肉也剁碎。大葱切成粒段。两颗蒜头切碎。橄榄油起锅,把蒜蓉、葱段及扇贝蓉炒香,然后倒进小半瓶苹果香槟,以盐和黑胡椒及番芫荽调味,转小火慢慢熬煮,汤汁少了一半时,再逐渐加一些香槟,直至煮到浓味。完成后把酱汁过滤出渣,以搅拌器把渣滓捣成蓉,与酱汁一起拌匀备用。上碟前再把酱汁加热,加少许黄油,煮沸便完成
- 扇贝肉以热油煎约两分钟,加少许海盐调味即成

巧克力软心蛋糕

材料:
比利时黑巧克力	200克
牛奶	1杯
砂糖	4匙
鸡蛋	4个

- 将巧克力煮熔后,与牛奶拌匀
- 蛋清与蛋黄分开,蛋黄与砂糖捣匀,加入巧克力浆
- 把蛋清打成泡沫,倒进混好的巧克力浆
- 倒进涂了牛油的蛋糕盘内,放进预热的烤箱里约十五分钟即成

长安不靠谱

这回近距离接触一位音乐家,
发现他竟也是如此投入、如此灵活、如此快乐地
在那里切剁搅拌、煎炒烤炖。
问王教授究竟这是"靠谱"还是"不靠谱",
他马上一脸正经,
几秒钟后又大笑道,
他自学练就的大菜小菜足足有二三百种,
要出版食谱绝无难度,
但要这么大规模大动作地又拍又写就不好玩了。
做人嘛,最重要还是开心,好玩,做东西好吃——
你说这是靠谱还是不靠谱?

　　来了西安三趟,每趟安顿好出门,吃到的第一样东西竟都是羊肉泡馍,用广东话来说,这像是"整定"的与西安的缘。

　　二十三年前,我大学的最后一年,因为要完成一篇关于中国连环画的毕业论文,就找借口直奔北京中央美院的年画连环画系去找杨先让教授和贺友直老师。以我当年很不灵光的普通话莽撞而糊涂地访问了很多与连环画有关的作者与学生,捧了一堆珍贵材料,准备回家乖乖作文。在同行两个同学的怂恿下:既然第一次来到首都,不如趁还有几天空当"再下一城",转战另一个古都。所以,我们一行三人就乘夜车从北京来到西安,也忘了是谁安排得这么周到,还预先订好了西安的钟楼饭店。

车到西安已经过了午夜，火车站前早已黑灯瞎火，小猫二三，一个踩着由三轮脚踏车改装的运货（亦运人）的板车的大爷过来问我们要上哪儿，我们人生路不熟，对西安长什么样子全无概念，就乖乖地问了价钱上了车，让大爷把我们带到钟楼饭店。当年的钟楼饭店也算是城里的星级饭店吧，但过了半夜竟然闭门上锁。我们一男二女把行李放在露天的院子里，我走到深锁的大门前又拍玻璃又按门铃地喊了半天，才有一个睡眼惺忪的疑似门卫的小子光着上身前来，透过门缝对我们解释说，这几天有国家领导人入住饭店，午夜过后就不准闲杂人等进入。我说我们可是订了房的呀，他说他不知道，反正要等到明天清早，今晚就得在院子里歇着。

我们乖，没有力气也没有生气，就在那还不算太冷的初秋的露天里抱着行李度过了生平在西安的初夜。一夜睡睡醒醒的，我还有责任"保护"身边的两个女同学。然而黎明时分我的肚子就饿了，竟然一直在想那只是在旅游指南里看到却素未谋面的西安名小吃羊肉泡馍。结果等到天亮，抖落一身尘土，进饭店房间清洗安顿好之后，就出来转到街角，但见热热闹闹的一大群人围着一个小摊，捧着热腾腾的大碗坐在小凳上吃喝着，趋前一看，果然就是羊肉泡馍。于是也顾不上这家是哪家以及是否正宗地道或好吃与否，反正就吃到了一碗汤头黏黏稠稠的糊状物，羊肉就那么一点点，馍也不算太热，用手一点一点地掰开，放进汤里泡浸。二十三年前那个与羊肉泡馍初邂逅之晨，以新鲜好奇为主，没有也不懂挑剔。现在想来，那一碗羊肉泡馍其实并不好吃。

一别十多年。八年前与父亲一起应电视台之邀

去拍一集父子两代创作人走丝路的文化专辑,回程时路过西安,逗留一两天。也许是旅途太长太累,父子俩的能量都耗得差不多了,乃第一时间走进号称"天下第一碗"的以卖羊肉泡馍起家的几百年老店"同盛祥"饭庄的快餐小卖部店堂,匆匆地点了两碗羊肉泡馍。按道理说,这该是汤正料足的正宗美食,但两人吃着吃着竟无言以对,差一点就睡着了。这大抵也跟这碗羊肉泡馍没关系,而是因两名受众的状态不佳,辜负了这古都名吃的一番心意。

再来就是 2009 年初夏这一回,因为创意市集活动,有机会与一众年轻的设计师和学生们交流创作心得。我多留了一个心,一再拜托友人安排,看看是否有机会认识一些跟我一样嘴馋爱吃的西安老饕,好在他们的指点引领下真正进入这个博大精深但又属于庶民日常的西安美味世界。友人说这好办,这里就有一位音乐学院的王旦教授,著名小提琴演奏家,西安土生土长但又在国外生活二十多年,吃遍东南西北而且一手私房好菜也是出了名的,偶尔还会骑着心爱的哈雷摩托(Harley Davidson)在大街上跑一转。我于是兴奋而冒昧地打了一通电话,只听电话那一端声音开朗响亮,直觉就是这是一位谈到吃喝就"自嗨"(natural high)的模范。自报家门之后,直奔我这趟来西安的觅食主题,且大胆提出了能否到教授家里拜师学艺的要求。王教授嘻嘻哈哈地笑着说"你这可是找对人了",因为他就最爱在家里弄点吃的请朋友过来边吃边聊。他更关切地问起我到达当晚在住处附近还有没有吃的,我说真凑巧被安排到多年前住过(当然也重修改装过)的钟楼饭店,他想了想说,那就该往回民街那头先逛逛,感受一下。于是,我就刻意避开了航班上那实在不像话的餐饮,空着肚等待那接近宵夜时分的晚餐——鬼使神差地走进了一家烟雾弥漫、热闹无比的食店,同行的朋友争先点了几样东西,名字我也听不太清楚,果然先上来的就是羊肉泡馍,而且是"干泡"好的版本:肉烂,味浓,汤鲜,醇香,肥而不腻……我不禁暗暗自喜:我已经一脚踏在古都开放多样的饮食文化大门的门槛上了。

虽然在西安的几天都下着连绵大雨小雨,但觅食的兴致却没有减少,一方面和王教授讨论该到哪个菜市场买什么食材回家做什么菜,另一方面又开小差,期盼着如果天放晴可以先到教授在郊外的院子里去烧烤。一提起自家烤的牛排和羊肉串,教授可是两眼发亮,信心满满地不惭自夸。除了正当"工作",我更把所有的缝隙时间和胃纳配额都填得满满的,从"樊记"的腊汁肉夹馍、"春发生"的葫芦头泡馍、"老童家"的腊羊肉、"贾三"的灌汤包子、街头的辣子疙瘩、麻酱凉皮、油泼面,到煎得焦脆喷香的黄桂柿子饼、绵软黏甜的甑糕、味浓醇厚的桂花醪糟……越尝到这些街头小吃的滋味,就越是怪罪自己来得太晚太少。这样一个庞大复杂的饮食系统,可真需要一段时间的累积才能比较。我因此也明白了王教授出国这些年来一定十分怀念西安的地方菜肴小吃,去年一回国,他肯定急切地去吃他的美好童年回忆里的美食,所以重了好些公斤。

留日二十多年,出身音乐世家的王教授专注的首先当然是他的音乐专业,但他也绝不吝惜与大家分享他在对日本饮食文化的浸淫中所累积的修养。以他在烹调煮食上的精湛造诣,以他的个头与长相,以他在日本饮食文化中累积的修养,走出来绝对是一个有型有格的日本料理大厨。但这回在家里,却

是不折不扣地以拿手的中式家庭小菜飨客。而本来计划的五六道菜也变成了八九道甚至十多道，一气呵成、绝无冷场，看得我目瞪口呆，连笔记本也差点掉到洗碗盆里。

平日，身边的画家、摄影师、建筑师和设计师老友在厨房里、餐桌上认真地玩闹起来，表现并不逊于一个专业大厨。这一次近距离地接触一位音乐家，发现他竟也是如此投入、如此灵活、如此快乐地在那里切剁搅拌、煎炒烤炖。问王教授究竟这是"靠谱"还是"不靠谱"，他马上一脸正经，几秒钟后又大笑道，他自学练就的大菜小菜足足有二三百种，要出版食谱绝无难度，但要这么大规模大动作地又拍又写就不好玩了。做人嘛，最重要还是开心，好玩，做东西好吃——你说这是靠谱还是不靠谱？

话虽如此，事事认真周到的教授还是提前一天就把将要用到的食材都先行挑好买妥了。据说还试做了一道很久没烧过的菜来一试身手。当日我们冒着大雨再去添买一些食材，因为我不好意思班门弄斧，只敢以一道广东家乡的番薯姜糖水来做甜品。外头的雨下得真大，兵荒马乱似的，但见教授一回到家，不慌不忙地披着一条小汗巾，不到两个小时，在我们面前的餐桌上已摆上大盘小盘十二样菜：冷菜有炝莲藕、麻汁黄瓜、凉拌芹菜、滚刀莴苣、小红萝卜丝；热菜有糖排、软炸里脊、烧腐竹、炒土豆丝、肉末茄子、孜然炒牛肉、肉丸汤，而且先后有序，凉的做好先放着，待热的经快炸快炒后一并出场。刀工手法之厉害，味道拿捏之精准，叫人由衷折服。赞美的话教授大抵听得太多了，就更能不骄不躁地以一种平常心去处理这种人人都该懂且都该做的家常吃喝。

我很幸运，能认识到像王教授这样懂得生活的一见如故的朋友，我也贪心，在吃好喝好之余又期待着可以看到教授礼服笔挺地在音乐厅舞台上独奏小提琴，更渴望可以一睹教授一身黑色皮衣皮裤驾着哈雷摩托在荒野无人公路上风驰电掣——靠谱不靠谱？心中自有谱。长安与西安，古远亦亲近。

炝莲藕
- 水烧开,莲藕洗净削皮切片
- 放进滚水略烫即捞起,铺于碟中
- 姜切丝,干辣椒切碎,撒在莲藕上
- 糖、盐、醋及少许味精调成汁浇上
- 少许食油烧热,浇上即成

麻汁黄瓜
- 小黄瓜洗净拍成小段
- 麻酱加少许糖、盐、醋拌成酱汁,浇黄瓜上即成

凉拌芹菜
- 芹菜洗净切段,豆干切丝
- 锅中兜炒时加糖、生抽和料酒调味便可

小红萝卜丝
- 小红萝卜切细丝,葱白切细丝
- 以少许糖、盐拌匀即成

烧腐竹
- 先将腐竹切小段用水泡软
- 拭干水分下油锅兜炒,以美极酱油调味即成

软炸里脊
- 先将里脊带筋部分切掉,肉切薄片
- 以白胡椒粉、酱油、盐腌约半小时
- 生鸡蛋拌打成蛋汁与里脊拌匀,蘸上面包屑入滚油中炸至金黄

糖排
- 以少许加饭酒和生抽把排骨先腌半小时
- 起油锅以大火先炸透,再转中火焖煮,加糖、盐调味便可

炒土豆丝
- 土豆洗净削皮切丝,绿辣椒洗净去籽切丝
- 以花椒油起锅,放进土豆丝和辣椒丝,马上加入镇江醋(土豆丝才不会变软)
- 兜炒片刻加少许盐及醋调味便可

肉末茄子
- 茄子削皮切段
- 起油锅以中慢火泡炸至软身,捞起拭油
- 另锅兜炒肉末,放进茄子煮透,以酱油及少许辣椒丝调味即成

孜然炒牛肉
- 牛肉切片,加盐、辣椒粉、孜然粉、生粉及少许花生油拌匀
- 起油锅快炒,牛肉刚熟便可

肉丸汤
- 猪肉剁碎,加姜蓉和少许盐捏揉入味
- 以高丽菜及竹笋熬汤,以盐调味,汤好后捏进肉丸即成

番薯姜糖水
- 姜洗净去皮切片,熬汤
- 番薯(红薯)削皮切块放入共煮
- 番薯软透后加红糖(原糖)调味即可

外卖时光

外卖，
也就是把大家最需要的、最好的、最实在的，
在最短时间里最快送上，
然后悉听尊便，让大家慢慢享用。

外卖的对象可以是一首歌、一幅画、一则短文、一些想法，
当然更可以是吃的喝的。
送外卖的也就是一个使者，
传播着某种生活的信念和方法。

　　物以类聚，人以群分。这里那里，行走往来得越多，越觉得知己良朋的重要性，也越明白所谓家的意义。

　　说回来竟是老话一句："在家靠父母，出门靠朋友。"只是看你有没有演绎出此时此刻的新意。传承自长辈那里的一些优秀的待人处世态度，被一路谨慎小心地维护着、执行着，便累积成一种沉实的生活居家的氛围和环境。所依靠的"父母"，也就是生我养我的如斯厚道。一旦出得门来，江湖中称兄道弟者，还有姐姐妹妹们，各人都以自己最鲜活有趣的一面示人，遂爆发出一股股意想不到的魅力和能量，相互感染，不怕飞沫带菌。也由于各位当地朋友都在孜孜不倦地为建设自己和周边的生活环境而努力着，好让远方来客如我你皆可有宾至如归的感觉。所以，这一张好友与回家之网，也就愈编愈细密，愈织愈轻扬。每当在自己小小的家里忙到头昏脑涨、不亦乐乎之际，也会忽而想起这个那个城镇里的这位那位老友，现在究竟在忙些什么、玩些什么、吃些喝些什么？

我在香港，他和她以及其他的他和她在厦门；又或者我到厦门去，他和她到香港来，反正能在一起的时刻，彼此间的交流和碰击，能量充足到似乎用不完。就像上次到厦门，戴夫（Dave）、科顿（Cotton）和大头这三位老友马上就把我"挟持"到张霖大哥的"草根堂"，好菜好酒，让我感激也来不及。过两天，还贪心地跑到张家"朝圣"，一手私房好菜更是吃得我心花怒放。自觉无以为报，又不可班门弄斧，左思右想，我不由技痒起来，不得不卖弄一下小聪明，服务一下大家。那时，Dave和Cotton的工作室和小商店开在厦门市思明区华新路32号中山公园西门附近的"32How"。"32How"又正是由涵憬、宇鸣、李颜三位朋友一手筹划经营、从典雅小别墅变身而成的一个充满人文气息的艺术创意院落，初探已经惊艳，直觉这就是每一个城市都需要的文化地标。无论是座无虚席、你来我往的演讲研讨，还是闲适独坐，一边品尝手工咖啡一边整理自家思路，无论是当地人还是过客，我们都实在需要一个这样的中转站，一个有趣的场所，于是也就留痕着迹地成就了一群人的成长。有幸在这个特定的时空里路过"32How"，不知怎的，我忽然觉得自己是个送外卖的送货员（Delivery Boy）。

外卖，也就是把大家最需要的、最好的、最实在的，在最短时间里最快送上，然后悉听尊便，让大家慢慢享用。外卖的对象可以是一首歌、一幅画、一则短文、一些想法，当然更可以是吃的喝的。送外卖的也就是一个使者，传播着某种生活的信念和方法。来到厦门，我暂时相对得闲，就得为我那些忙碌到废寝忘食的老友们准备午餐，送给他们作为能量和营养。鉴于才艺有限，打听到有家叫作"万字地"的面饼铺，贩卖十分地道的北方面食和小菜汤饮，深受一众老饕赞赏，所以先和同行家眷们去吃了一顿，酱猪蹄、熏猪肘、熏蛋，芝麻烧饼、煎饼馃子、一口酥，红烧牛肉面、酸菜羊肉面，一一尝过之后，果然名不虚传，还认识了面饼铺领导人刘斐。早已落地扎根的这位老兄，把北方老家面食在厦门发扬光大，嘻嘻哈哈地经历了事业的一个又一个阶段，也不断为自己做生涯规划。此刻虽然忘情书画之间，但始终严格保证店里贩卖的吃喝是出得门、见得人的超高水平。所以我灵机一动，实行"借来主义"：何不就借这里的好面好饼好小菜，妥当准时地运送到"32How"，再加料现做一大碗西红柿炒蛋来做拌面的浇头，让我那班连中饭也没空吃的老友们大快朵颐一番？

外卖前一天，除了先行试味，我还跑到厦门市中心老区的第八市场，在几家旧杂货店里淘出了一堆人弃我取的杯盘碗碟，作为这顿午饭的最佳载体。此事再次证实了日常生活中处处都有好

菜单：

拍黄瓜　　　　熏蛋　　　　　熏鱼
酱牛肉　　　　熏猪肘

西红柿炒蛋　　北方炸酱面　　酸菜羊肉面

芝麻烧饼　　　一口酥

东西，只是我们有没有足够的眼光和饱满的信心来做选择和决定。道具行头一应安排妥当，接下来就等主角出场了。

当天一大早，我们跑到刘斐的万字地面饼店，但见早班的师傅已在拌粉、擀面、拉面、做饼，从劲道十足的面条，到金黄亮眼的芝麻烧饼和名副其实的一口酥，步骤紧密，毫不马虎，叫平日只懂吃的我们大开眼界，肃然起敬。然后，我们有点贪心地点了酱牛肉、熏猪肘、熏蛋和熏鱼做小菜，以酸菜羊肉面和京式炸酱面做主食，更配上烧饼和一口酥。经过菜市场时，又心血来潮地顺道买了小黄瓜和蒜头来做拍黄瓜，买了鸡蛋、西红柿和小青豆来做一个浇头拌面。结果要合家眷三人之力，方才把所有的外卖送到目的地。

在"32How"的阳台上，当所有的美味终于在餐桌上一字排开，正午的阳光已经有点偏斜，早已饥肠辘辘的一众，则从各自的工作间里倾巢而出，围坐在一起享用这桌有取巧之嫌的外卖午餐——食得是福，能够争取一切机会和同声同气的好友开怀大啖是缘，能够吃到用心用力成就的食物，就更值得珍惜。外卖或自煮，享乐并承担，我们的宝贵时光就这样虚虚实实地度过。

三厨的告白

除了那两道绝无难度、人人会做的西红柿炒鸡蛋和拍黄瓜，其他的美味都是从刘斐老兄的万字地面饼铺里现买的。既然是外卖，就不好意思央求人家公开商业秘密，所以这趟就不能洋洋洒洒地细说材料和做法了。换回个嘴馋贪食的身份，不避嫌地赞美老刘的真功夫，好吃就是好吃。

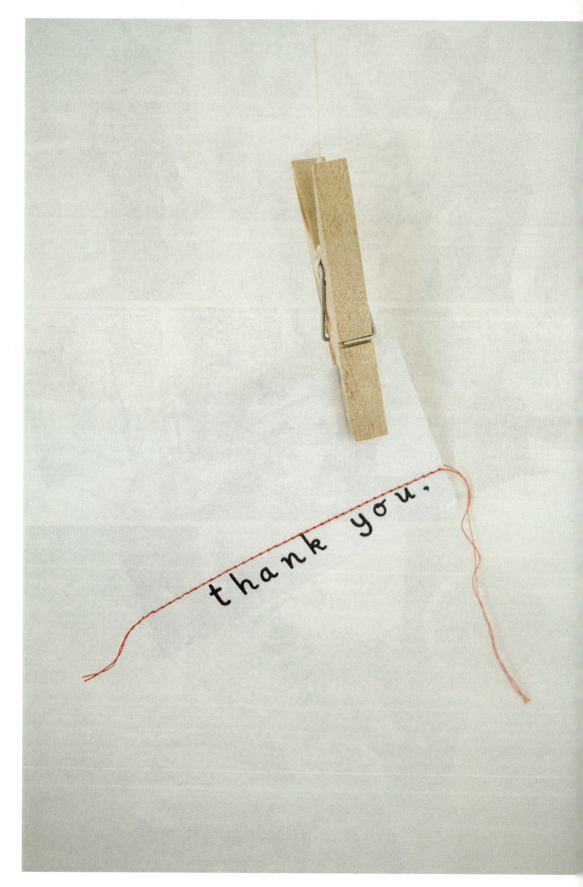

拍黄瓜
关键就在那个"拍"字，把菜刀放平对准黄瓜就那么一拍——当然挑的黄瓜要新鲜，太疲软的黄瓜可先用刀横竖切几刀，但那就有违"拍"的原意了

熏蛋
卤水熏过的鸡蛋，切开来蛋黄还是半凝固状的，太好吃，一不小心就吃多了

熏鱼
腌得入味，炸得酥脆，晾凉吸味的时间也掌握得正好，不太油不太干不太湿，此为讲究

熏猪肘子
猪皮部分，爽而不腻，肉质香滑细嫩，下酒佳品

西红柿炒蛋
专挑软熟的西红柿，又甜又多汁，煮来省点时间，不妨多放点生蒜末，也要多下点糖。炒蛋要把锅烧红，多下点油才炒得嫩滑。炒好的蛋放进西红柿酱里一兜拌，下盐调味，热腾腾上碟配米饭和拌面，吃不停口

北方炸酱面
用上北方黄酱和甜面酱，以自家比例加进五花肉丁和调味品，熬出炒好的炸酱，十足地道。菜码有小黄瓜丝、水煮熟的黄豆、芽菜丝，吃时可要来点大蒜或加辣椒就随意了

酸菜羊肉面
熬出一窝汤清味浓的汤头，绝对花时用心。羊肉是白卤水煮的，晾凉切薄片后肉质还是细致得很，酸菜酸而不呛，正合我意

麻酱烧饼
外卖出门一段时间，烧饼还是外皮够脆，内有嚼劲，粉香芝麻香，吃得好过瘾

一口酥
小点心改对了名字，绝对一口酥

草根香

我来自草根阶层,我就是草根——
作为一种表明身份和心迹的宣言式的说法,
很为一般市民大众受用,

至少除却一种高高在上的庙堂气焰,
和大多数人挤在一起的感觉还是安全踏实的。
当然自称草根或江湖的未必习惯和懂得食用植物根茎,
先入为主的怕吃苦始终是一大障碍,
未能开怀一尝真正的草根味道。

营营役役之余,不晓得多少人还有寻根究底的闲情?

梳理典籍眉目,从前要翻江倒海,如今,上这个那个网站寻查一下,靠几根指头,就能得到一个大概。然而硬生生地输入"草根"二字,跑出的几百则搜索结果都是那些有原则、有态度的社会学论述,谈的乃是草根阶层——草根作为一个阶层的符码代号,摆明车马就有"接地气"(down to earth)的地道庶民姿态。

我来自草根阶层,我就是草根——作为一种表明身份和心迹的宣言式的说法,很为一般市民大众受用,至少能除却一种高高在上的庙堂气焰,和大多数人挤在一起的感觉还是安全踏实的。当然自称草根或江湖的却未必习惯并懂得食用植物根茎,先入为主的怕吃苦始终是一大障碍,因而未能开怀一尝真正的草根味道。

其实在我们的日常饮食生活里,从来不乏根茎类植物。从萝卜、芋头、马铃薯、淮山药、葛根、莲藕,到牛蒡、玉竹、茅根、山葵、生姜、南姜、黄姜、葱、蒜,甚至像过山猫、鱼腥草这类

野菜的根茎部分也有人专门寻找食用。这些食疗效用各异的"地下党"各自精彩,一直默默地从事着基层工作,倒是打好了稳健的根基,再大的风暴危机都不怕,乐天知命,见招拆招。日子有功,更发展出形形色色的烹调方法,熬的、煮的、蒸的、炖的、炆的、煎的、炒的都有,也不抗拒烤的和炸的,腌一下生吃的也有,吃这种的甜美,吃那种的苦辣,是一种完整而丰富的味觉实践,更不妨当成一种人生体验,视之为草根香、草根味。

每次经过厦门,老友 D 都带我从机场直奔一家叫作"草根堂"的饭馆。上两回,都是坐进二楼那个独立小厢房,吃的都是大方老实(暗暗来点刁钻)的福建家乡菜——这里搞的当然不是传统闽菜里殿堂级的佛跳墙、荔枝肉之类,倒是由来自武夷山的东主张霖演绎的自创家乡真滋味。能叫"草根堂",菜肴里常用的自然是来自家乡土地里的植物根茎,用来熬炖和蒸煮,且不论有什么食疗作用,食物与土地与人的那种情感关系,倒是在面前那普普通通的一锅汤和一盘肉里面发生了某种微妙的化学反应。

曾经在传媒行业工作的张霖,诚诚实实,话不多,通过亲手做菜和营运饭馆,身体力行地实践着他的草根理想。在能力所及的范围内去寻找收集祖辈们一直沿用的地道食材和食器,找一个不大不小的独立房子作为"草堂",动员、培养起一群有概念、有能力的工作伙伴。不必多说,我们这些由顾客成为朋友的都能尝出这一份自在拿捏的生活理念。几杯自家酿的家乡米酒下肚后,我就大胆不客气地央求张霖,想到他的新家去串串门,目的也明显不过:要进一步尝尝张霖亲自下厨烹调的一桌私房菜。

张霖的家在一个陆续有街坊迁入的新小区。年前,他一眼看中这个有很大的阳台可供种花种草、摆弄石头木头甚至养鱼的空间,太阳下喝喝茶、看看书、聊聊天,再写意不过,木桌一拼凑桌布一铺,更便于在室外舒服用餐。当然,男主人还是得在室内把早就准备好

的食材做最后召集,一手一脚舞弄出从前菜到主菜到汤到主食合共九道菜。从清爽脆嫩的腌萝卜皮,汤鲜味甜的高汤煮萝卜,口感独特的杂菌煲、金针冬菇鱼头,到充分发挥草根本色的老菜脯炖鸡,虎尾轮炖水鸭以及香根子蒸排骨,还有那熏香扑鼻的烟熏草鱼,软熟暖胃的淮山药地瓜南瓜杂粮饭,把平日在人家厨房里争先恐后企图帮上一把的我看得目瞪口呆,完全变成了一个幼儿园小朋友,好奇不已地哇声连连,然后专心致志等待着上菜的那一刻。

在我面前,张霖对自己的"所作所为"信心十足,一招一式,莫不大方笃定,有条不紊。我也清楚地知道,这绝不是一个米其林三星大厨在宾客面前卖弄技巧、表演功夫,倒更像是我们当中的一个,挽起衣袖,不慌不忙地跟大家分享生活中的灵感心得,一同体会这世世代代累积留存下来的庶民饮食智慧。草根真义,就在这拿得起又放得开的大大小小盘碗、这汤汤水水、这菜这肉这米饭之中。

腌萝卜皮
材料：
白萝卜皮	适量
盐、糖	适量
醋	适量
蒜	适量
辣椒	适量
麻油	适量

- 先将萝卜洗净，削皮切段
- 用粗盐腌拌半小时以上
- 用凉水冲洗并拭干
- 加适量醋、糖、蒜蓉、红辣椒和麻油拌好，腌上三小时左右保证爽脆

高汤萝卜
材料：
猪头骨连脸肉	1份
姜	2大块
上海咸肉	1块
鱼露	少许
白萝卜	2根

- 猪头放入锅中加水加姜，熬煮约四十五分钟至汤色变白
- 将上海咸肉洗净拭过，放铁锅中烤香两面
- 放进汤里头，加进鱼露，以中火继续熬上一小时
- 加入切好的白萝卜，以慢火煮至软腍入味

香根子蒸排骨
材料：
排骨	250克
葱丝、姜末	适量
糖、盐	适量
酒	适量
生抽	适量
生粉	适量
武夷山香根子	1束

- 先将排骨洗净拭干
- 加入葱丝、姜末、糖、盐、酒及生抽略腌，最后再用少许生粉捞过
- 放入洗净的香根子
- 锅中烧开水，隔水蒸熟，幽香扑鼻，与众不同

烟熏草鱼
材料：
草鱼	1条
糖、盐	适量
酒	适量
生抽	适量
月桂叶	5片
葱	2棵
白米	1杯

- 先将草鱼剖好，去头去尾，起两片鱼身净肉
- 以糖、盐、酒、生抽、姜末混合调味，抹匀鱼肉两面
- 以少许油起锅，关火后放上锡纸
- 锡纸面放少许白酒，并把米粒、葱段、糖及月桂叶放进
- 鱼肉以铁架盛放锅中，加盖以大火熏约五分钟至烟从盖边冒出，转小火三分钟后关火，再焗两分钟即可

虎尾轮炖水鸭
材料：
约1000克重水鸭	1只
武夷山产虎尾轮	1束
姜片	3片
盐	2匙
鲜淮山药	1根

- 先将水鸭放热水锅中余水，取出冲水
- 水鸭放冷水锅中加入姜片、盐和虎尾轮
- 开火炖约四十分钟再加入切好的鲜淮山药
- 入口清鲜，是滋补极品

老菜脯炖鸡
材料：
走地鸡	1只
武夷山20年老菜脯	4块
姜片	3片
蒜粒	5粒
当归	半条

- 先将鸡洗净切块，在热水锅中略余水，取出冲水
- 鸡放入锅中加入姜片、蒜粒和洗净的老菜脯，加入开水炖煮约两小时
- 如能用炭火炉，效果更好
- 汤炖至一个半小时，加入半条当归，味道更醇更温厚

金针冬菇蒸鱼头
材料：
草鱼头	1个
姜片	3片
五花肉	1块
冬菇	3只
金针	适量
生抽	适量
酒	适量
盐	适量

- 先将冬菇用热水泡开，金针洗净备用
- 草鱼头洗净放碟中，加入调味料略腌放姜片、五花肉、冬菇和金针于鱼头上，隔水蒸约十五分钟即成

杂菌煲
材料：
石耳	10朵
龙爪菇	10朵
姜片	3片
芹菜	适量

- 先将石耳及龙爪菇洗净，掰成小块
- 姜片切好，芹菜切段
- 石耳及龙爪菇及姜片放高汤内煮约二十分钟
- 关火并放入芹菜，原煲上桌

杂粮饭
材料：
紫淮山药	1根
紫地瓜	1个
玉米	1根
南瓜	适量
杂粮米	适量
（荞麦米、黑米、高粱米）	

- 淮山药、地瓜、南瓜洗净切小块，玉米剥粒
- 杂粮米稍浸水，洗米后加入其他材料煮约二十分钟
- 待米粒胀熟收水后关火，饭香扑鼻，异色惊艳

面包遇上蘸酱

当我得知有这么一位把自己的家
变成一个面包烤箱的朋友,
马上想象有了她这些新鲜出炉的手工面包,
该配上一些什么菜?
心血来潮马上就拜托身边另一位贪吃的台湾老友
拿到贺四的电话,拨一通过去说明来由。

那一端果然笑着答话,
欢迎欢迎,这里有的是面包。

　　朋友们都懒，把她的本来名字略做剪裁，管她叫"贺四"。贺四除了是资深剧场人、广告人、设计人，最新的标签是热辣辣的"面包人"。

　　当我得知有这么一位把自己的家变成一个面包烤箱的朋友，马上想象有了她这些新鲜出炉的手工面包，该配上一些什么菜？心血来潮马上就拜托身边另一位贪吃的台湾老友拿到贺四的电话，拨一通过去说明来由。那一端果然笑着答话，欢迎欢迎，这里有的是面包。

　　稍做准备，我就捧着从菜市场和超市里买来的大包小包食材，搭了一趟便车，来到台北市外土城的另一个密集的居民旧区。

　　一如其他外地朋友的印象，台北楼房和街巷的外在并不美，美就美在藏在里面的人家和家里有趣的人。贺四家住一幢旧公寓的三楼，白墙白地板白沙发，很是素净，一台二手的专业面包烤箱放在进门右侧，成为屋内的目光焦点。烤箱上还堆放着大大小小各种做面包用的工具和模具。"工欲善其事，必先利其

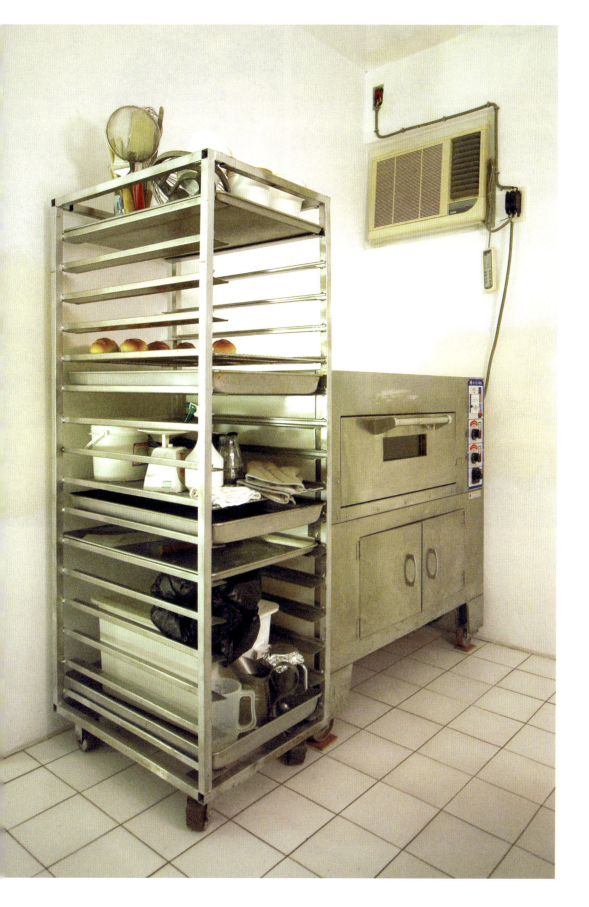

器",这些利器不伤人,倒是帮着制作可以让人吃饱的面包。

　　贺四手工做的面包是欧式的结实版本,外皮坚脆内里柔韧,有别于日式面包的酥香软腻,细细嚼来,更能吃出麦香原味。在健康自然饮食再度抬头的今天,欧式面包也从单一原型开始加入各式谷物、果子甚至蔬菜,以满足大家的健康觉醒需求。然而今晚我们不必花哨,回归到最原始的版本,只用高筋面粉、酵母、水和少量的盐,再加上纯熟的手艺,一切都在掌握之中。

　　在对面包制作没有概念之前,总觉得这个"搅拌—静置—发酵—拉捏—分切—再经发酵—切饰—烘焙"的过程,实在存在太

多变量,恐怕不是自制(homemade)能力所及。这回来晚了一点,贺四已经把第一阶段配比拌粉、加水搅拌成面团的工序完成了,我们来看到的已是发酵当中的面团。其实女主人平日也经常和友人们有这样的安排,先把这第一期工作做妥,然后大伙儿到家附近爬个山活动一下,三数小时后再回来接续余下的工序,分工合作,迎接晚餐。

这回聚集的一众都是多年老友了,不客气地冲着面包而来,也就让女主人把饭桌变作工场、变成舞台,独当一面地独自展示(solo)一番:把发酵膨胀的面团拉捏切割,经过一个叫"滚圆"的动作,让面团成为胀鼓鼓的一小个一小个,再来一次发酵。为了不破坏整个面包家族的完整,本来跃跃欲试的我还是把手绕在背后,先做

观赏,把制作过程都好好记住,再看一下时间也差不多了,就开始准备配合出炉面包的菜。

面包是主角,其他一切也倒轻松好办。第一时间想到的是要做好几种蘸酱,一眼看中金黄品种的有机奇异果,做成果蓉拌入少许橄榄油,现磨少许黑的红的青的胡椒提味就很好。再来是皮薄肉嫩的甜柑,剥皮后把果肉仔细拆出拌上蜂蜜,再把部分果皮洗净切丝放进,摘几片嫩绿薄荷叶尖更见颜色。接着来的自然就是口味浓重的罗勒大蒜蘸酱、烟鲑鱼飞鱼子奶酪蘸酱,出动四种蘸酱用来配面包,一桌有够好看。

要让老友们满足到底,十分有秋收感觉的南瓜西红柿洋葱浓汤热腾腾紧接登场,针对座中的食肉兽还准备了一小锅柠檬香草焖鸡作为主菜。终于,那拉成小长条、切上三刀的面包在烘箱里变成金黄,以诱人的香气和热度呼唤一众围观。新鲜热辣出炉的面包可得稍稍降温才能吃,其实围坐在餐桌旁的几位已经迫不及待,忍不住把小勺伸向蘸酱,先尝为快了……

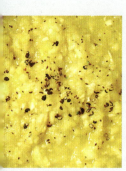

黄金奇异果蘸酱（6人份）

材料：
有机黄金奇异果	5个
有机初榨橄榄油	适量
黑、红、青胡椒	少许

- 将奇异果切开取肉剁蓉
- 以少许橄榄油拌匀
- 放入现磨胡椒提味

蜂蜜甜柑蘸酱（6人份）

材料：
小甜柑	6个
蜂蜜	适量
薄荷嫩叶片	少许

- 取数块柑皮洗净切细丝
- 以蜂蜜拌好果肉果皮
- 撒上薄荷嫩叶

柠檬香草焖鸡（6人份）

材料：
鸡腿	12只	牛油、盐、胡椒	适量
柠檬	2个	鸡蛋	1只
百里香	1株	鸡清汤	1罐
红葱头	15粒	面粉	少许

- 先将鸡腿洗净拭水，以鸡蛋清、面粉涂匀，加盐及胡椒调味，置于冰箱约半小时
- 红葱头去衣，洗净原粒备用
- 以牛油起锅，爆香红葱头和百里香草，再把鸡腿放入，煎至表皮金黄
- 转中火放入鸡清汤和柠檬切片，焖煮约十五分钟
- 待汁液转稠，关火前再加适量牛油增香

南瓜西红柿洋葱浓汤（6人份）

材料：
中型南瓜	1个
西红柿	6个
洋葱	3个
月桂叶	4片
牛油	适量
盐、黑胡椒	少许

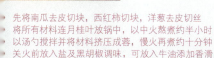

先将南瓜去皮切块，西红柿切块，洋葱去皮切丝
将所有材料连月桂叶放锅中，以中火熬煮约半小时
以汤勺搅拌并将材料挤压成蓉，慢火再煮约十分钟
关火前放入盐及黑胡椒调味，可放入牛油添加香滑

烟鲑鱼飞鱼子奶酪蘸酱（6人份）

材料：
烟鲑鱼	4片
飞鱼子	1盒
奶酪(cream cheese)	1盒
青葱	1棵

- 先将烟鲑鱼剁成蓉
- 青葱切小段
- 烟鲑鱼蓉、飞鱼子、青葱与奶酪一并拌匀

罗勒叶大蒜蘸酱（6人份）

材料：
罗勒叶	1束
大蒜	5粒
有机初榨橄榄油	适量

- 先将罗勒叶洗净，摘叶片，切碎
- 大蒜去衣取肉剁蓉
- 以橄榄油拌匀

从桥边到桥头的本地滋味

一切从这一撮美味葱酥开始，
却也让我得到了口腹之外更大的启迪和满足，
一方水土养一方人，
有这样的传承才会产生如此选择。
在城乡经历急剧变更、面对转型的当下，
这桥边发生的一切让我觉得更难得、更要珍惜。

一切都由这一撮油炸得酥香惹味的红葱头开始。

我记得，小时候家中厨房里、餐桌上都时常弥漫一股独特的扑鼻油香。祖籍福建亦身为印度尼西亚华侨的外祖父母，有他们自成一套的饮食口味和习惯，除了吃香喝辣，喜甜偏浓的口味亦不在话下。添色调味的酱料有特浓的酱油禽仔清、极鲜的虾膏（峇拉煎）、棕黑色砖状的椰糖，更少不了去皮、洗净、切片后下油锅，炸出一瓣瓣金黄酥香脆片的红葱头，它既可与葱油一道拌进福建虾面中共吃，鲜味会更加浓郁；也可把葱片拭油后入罐贮存，需要时拌进各种凉菜、咖喱或用于热炒中，构建出丝毫不差且无处不在的"家乡"味道。这也是我自小就认同并拥护的一种"福建—南洋—广东"味觉身份。

年长后，当我有机会在台湾各城乡间行走，也在新、马、泰、印度尼西亚等东南亚诸国来往，马上就辨认、追踪出红葱酥在这一带餐桌上的广泛应用。闽南菜和台湾菜本就同源，漂洋南下后又与众多东南亚香料构建出更多元、更复杂的口味。红葱头下油锅，时间太短则水分残留其中，葱头始终软趴趴的；若时间过长，就会被炸焦变黑，坏了好事。恰到好处的烹饪纯粹靠经验去准确拿捏，炸好的葱头看起来是金黄亮眼，入口是酥脆甘香。固执的老饕们坚持自家手工炸制，但市面上也有大量炸好入袋入罐零售的成品，仅凭直觉，我就对这些预制品没信心。万一包装有误，葱酥受潮变软变坏的概率很高。此外，我也不知厂家用的是什么劳什子万年油，所以每回拿起那些现成的货色，看一下且沾得一手油，还是速速放下。

直到有次在台北好友怡兰的精选食材专门店"Pekoe"的货架上看到两瓶似是法国进口的成品，由鹅油浸着的

葱酥和干的葱酥,正惊叹原来法国老饕也好此道,店长却笑着跟我解释,这可是百分之百正宗的台湾制作。只因为制作人曾在法国留学,了解认识到法国很多名厨以至居家料理都用鹅油来做日常烹调,加上制作人的妈妈就在高雄县仁武乡的老家经营传统鹅肉店,本就用鹅油来炸制红葱头,机缘巧合下灵感碰撞,便出现了这些以作坊形式出品、精心制作、手工限量售卖的美味。

我迫不及待地买来鹅油香葱和葱酥各一瓶,回家拌着水煮面线一吃,不得了,其香其酥其甘美,叫人喜出望外。最难得的是鹅油中浸的葱酥味道就像刚炸好的酥葱一般,甚是神奇。分予同样以食为天的爸妈和老弟同享,他们对此美味也赞不绝口。我立刻对自己许诺,定要找机会到这家名为"Le Pont"的桥边鹅肉店,拜访这心思足、功力厚、制作出如此精品的好人家。

不久,家里冰箱存储的"Le Pont"产品就吃光光了,连摄影师助理也在催我赶快补货，因为他也早晚惦记着那香葱的味道。终于，在一个三十四摄氏度高温的早上，我们从香港飞至高雄，连随身行李也来不及先放入旅馆，径直从机场叫了出租车直奔位于仁武乡曹公渠道旁的桥边鹅肉店。迎上来的是一个笑容可掬的、取了法国名字的少当家吕克（Luc），还有在他背后鼓励支持、一起打拼经营的陈爸爸和陈妈妈。

其实，从下车的那一刻开始，我就有一种回到家的亲切感觉。这家看似没有特别装潢，跟台北市郊公路边其他食肆无异的鹅肉店，却蕴含着一种让人一而再、再而三光临的魅力。从傍晚到深夜，客似云来，络绎不绝，就是因为这里待客的食品都是踏踏实实的手工菜：台式鹅肉米粉冬粉，鹅下水汤以及烫鹅腱，粤式烧鹅，加上各种小菜，越简单就越得坚守质量和细节。再加上贯穿其中举足轻重的鹅油香葱，为所有菜肴提味生色，这也是叫我闻香有如踏入家门的原因。

桥边树下，三十出头的Luc将他在高雄念完旅游观光专科再赴法进修的往事娓娓道来，他选择到波尔多，一来增添不少品鉴红酒的知识，二来也见识到法国友人对传统美食的喜好和执着，比如坚持用鹅油来烹调传统家常料理，好留住最深刻、最彻底的

美味回忆。这也直接激发了 Luc 去为父母经营的鹅肉店构思未来的发展方向——以鹅油去炸葱酥本也就是日常程序，但装瓶零售并向市场推广倒是一个崭新的尝试，这个大胆的想法得到了母亲的支持。陈妈妈出身经营乡间酒席的餐饮世家，当然知道经营食肆的艰辛劳累，但见儿子如此专注用心，更放下自己修读的专业，做好准备，伙同挚友拉尔夫（Ralph）一道矢志投身更具挑战的饮食业，陈妈妈决定以行动支持儿子，与儿子分工合作，事事亲力亲为，其间更把多年经营心得仔细向这个初生之犊一一讲解。

　　鹅肉店是在傍晚才开始营业的，但从早上开始，店里上上下下就开始忙碌了。一方面为当天的食物做准备，另外也要分配人手在店堂一隅的小作坊熬鹅油、炸葱酥。因为产品一推出便好评如潮，食客除了在特许代理店内选购，更远道而来见识入货，更有客户一订就是上千瓶。坚持慢工出细活的 Luc 和陈妈妈在欣喜之余也得向人家解释须轮候一下。好客的陈妈妈，自我们一开始拍摄记录，就顾不了自己吃喝，早早替我们准备好午餐：一桌的小菜和热腾腾的米饭，刚烫好的面线，主角当然是一大匙拌进去的喷香的鹅油葱酥。陈妈妈一直说这是简单小吃不要见怪，我们可是吃得心花怒放。陈妈妈还仔细解说鹅油其实比其他动物的

油脂少油腻感，更健康。宽心之余，我们吃得更不顾仪态了。

饱餐一顿之后，陈妈妈亲自示范如何剥红葱、切红葱。手法利落的她，之所以能切出又细又长，炸出来色香味俱全的葱酥，关键就是那绵密的刀工。训练有素的伙计小心翼翼地用大铲翻弄油锅中炸得嗞嗞作响的葱片，在葱片变得金黄一刹那间把葱酥捞起，铺开拭油，稍凉后马上装瓶，或注进鹅油以保持干燥，封盖包装。我终于见识到我挚爱的"家乡"美味如何从原材料到制成品的完整过程，着实感激这一家人为此付出的心思、创意、努力和坚持。可能在某些人的眼中，这只是一个乡镇桥边的家庭小生意，但我却看到了一种敢于把本地传统和异国精华碰撞融合的成功例子，看到了两代人对于美食细节的虔诚执着，也看到了新一代创业者在媒体和顾客的簇拥盛赞下依然能保持踏实冷静的思考，不慌不忙、逐步开展周详的计划。

一切从这一撮美味葱酥开始，却也让我得到了口腹之外更大的启迪和满足，一方水土养一方人，有这样的传承才会产生如此选择。在城乡经历急剧变更、面对转型的当下，这桥边发生的一切让我觉得更难得、更要珍惜。

意外邂逅"桥头"往事

前往高雄的第一个任务顺利完成，捧着十多瓶送礼和自用都很棒的鹅油香葱和葱酥，还有一瓶陈妈妈盛情推介要我们一试，不公开贩卖的自家酒浸泡过的自栽原生小辣椒，心里已在盘算着怎样利用这批极品完成接下来的第二个任务。

　　老友耿瑜在电话里兴奋地说了好几次：欧阳你一定会喜欢这个在高雄桥头乡桥仔头糖厂旧址上营造的俗称"白屋"的奇特环境。你会结识到一群来自五湖四海的有趣的人，而且那里有足够的空间、设备、餐具和本地食材，可以舞弄出一顿丰盛的晚餐——就凭老友这几句话，我连功课也不用做，抱着边走边看、边做边吃的心态，跳上地铁，眨眼就到了桥仔头。说是来做一顿饭，但想不到竟然闯进了一个有历史有文化更有生活的厉害地方。

　　桥头乡的桥仔头糖厂是台湾糖业的发展先锋。日据时代，日本人计划在台湾发展制糖业，几经寻觅推敲，最后选中了生产腹地辽阔、土地肥沃并长满甘蔗、稻米的桥头乡。桥仔头糖厂于1902年正式投产，是台湾由人力制糖进入现代化机械制糖的第一座糖厂，颇具象征意义。除了厂房建筑、生产设备和铁路运输，糖厂周边更设有宿舍、招待所、剧场、园林以及棒球场、网球场、射箭场、跑马场等娱乐设施，负责招待重要客人，体验当地经济发展状况。

百年来台湾的制糖业因各种因素影响，由盛转衰。台湾光复后成立的台湾糖业公司还曾风光一时，20世纪50年代的砂糖外销收入占外汇总数额七成以上。但近二三十年来，台湾糖业的地位连年下降，台糖公司不堪长年亏损，逐年关闭不符经济效益的糖厂。即使是像桥仔头糖厂这样显赫一时的元老，也难逃关门一劫。当年曾在迷宫一样的甘蔗田中穿梭游玩的乡村孩童，乘产业铁路小火车上学的学生，如今都步入人生晚年，原有的建筑和设备几经火灾拆建损毁，剩下的勉强支撑起旧时氛围。1998年，这里成为台湾第一座被列为古迹的工业遗址，一大批文史、文艺工作者开始关注本土文化。2001年到2007年，这里设立了桥仔头糖厂艺术村，连续十期皆有艺术家驻村计划，加上民间的桥仔头文史协会的活跃，让文化资产有机会盘活已经崩溃的产业资产，老旧小区逐步走向鲜活再生。然而，在复苏过程中，拥有公有资产管理权的台糖公司当局以整体开发业务需要之名，摧毁糖厂内一批历史建筑，重点打造出一个实际经营状况惨淡的糖业博物馆，更出租宝贵地段给一些与此地文史脉络无关的商家去经

营,招揽游客。种种举动引起太多社会负面舆论,加上有三百年历史的桥仔头老街正在惊醒拆除,日据时期遗留下来的巴洛克式建筑立面瞬间成为地上砖瓦,"官"民冲突愈演愈烈。

如果我只是以一个观光客的身份经过,恐怕不会看到、听到或者有兴趣、有渠道去追寻这层层叠叠的街区的历史,也就是因为有机会走进这家由一群有心的当地文化教育工作者筑建的"白屋",接触到这里的项目负责人商毓芬老师和一批细致热情的同事,以及在厨房和餐桌附近出出入入、来来往往的艺术家、策展人、雕塑家、热血志愿者、第一代中年和第二代接班少年,我才发觉这一顿饭可以吃出真正本地滋味。

原来是日据时期糖厂附设的接待贵客的招待所,日久失修,招待所原来的木建筑也经多次的烧毁,如今仅存砖石地基。但在商老师的引领讲解下,还是可以看出当年辉煌的格局——两棵参天老榕树;20世纪20年代仿照西式造型的喷水池;日本人学习西方几何美学和砌砖技术修建的红砖水塔;日式景观敷石、茶室;"二战"时期的防空洞;还有一个以雨豆树为圆心,以金丝竹园为围墙,形成直径五十米的露天圆形剧场——当年既是歌剧演唱厅亦是相扑的赛场,远处还有野球场、网球场和跑马场。这群来自小区民间的朋友决定以一己之力修复古迹。他们花上大半年的时间,动用了五个男女园丁、九个木匠水电师傅、九个专业艺术行政与景观建筑室内设计师、两位古树专家、四家金工木工工艺工厂,才有今天展示在我等游人过客面前的一组用作展览、活动和办公的"白屋";另一组建在木制招待所原址上被叫作"南岛南"的木建平台,用作演出舞台、露天餐饮场所;还有一处号称"F4"的田野空地,是大家聚会、烧烤、运动的地方,加上汇聚集体智慧的永续田野工作室,努力为这个小区的未来发展打拼争取。

有缘路过,豁然开朗、眼前一亮的同时,心绪却跌宕起伏。面前不只是新旧景观美丽,更美的是这一群对这片土地爱得真切深沉的人。短短的大半天不足以让我透彻了解他们各自的专长和共同的理想,但举止言谈间,我强烈地感受到大家对本地生活传统习惯不变的依恋和热爱,对邻近小区生活的环境保护和发展极其关注,对当地下一代的人格成长、教育素质亦十分重视——一个由社会基层发起、成就个人和集体的生活"运动",才最叫人兴奋也最有希望吧。

心情大好却也事不宜迟,我们在老街菜市场开始营业的午后,在拆建中的街区老路旁跟水果摊的老妈妈买了好些当地荔枝和杧果,也在菜市场里买了芦笋、白玉苦瓜、茭笋、秋葵、马铃薯;在鱼店里挑了肥美的秋刀鱼,加上"南岛南"的巧手主厨早就备好的有机食材和正在炖的土鸡,今晚十到二十人的烧烤晚宴应该够丰富、够热闹!

接下来的两三个小时,我就像花间乐疯了的蜂蝶一样,在偌大的场地里上下来回跑动。先把几种杧果切成粗细不同的碎粒备用,分别配以荔枝、辣椒、姜末、葱酥做成口味独特的酱料,再把各种蔬菜洗净切妥、处理好,准备搽油撒盐烧烤。秋刀鱼比较方便,刷上厚厚粗盐就可放在烤炉上直接烧烤,而作为主人的主厨更是有条不紊地做好了紫米酒酿、南瓜土豆蓉、茄冬月桂炖土鸡,就连白萝卜

昆布柴鱼汤底也都准备好，用来灼熟薄薄的白猪肉，而烧烤用的肉片也都整齐摆放在案。

说时迟那时快，天已经黑了，专业烧烤玩乐的坊众们把电灯泡用抛引方法高挂树梢，雕塑艺术家打造的鳄鱼烤箱、火车烤箱和瓢虫烤箱中的炉火已经旺了，来自五湖四海的人马也都在大树下餐桌前乖乖坐好，连凑热闹（血）的蚊子也都开始叮人了。

第一盘蔬菜烤好，第一批四条秋刀鱼端上来，第一盘烤肉喷香，不要忘记搭配口味不同的土杧果蘸酱。野菌饭也一碗一碗装好，浇上一勺桥边鹅肉店的鹅油香葱，当地街坊也啧啧称奇，大力鼓掌，直呼好味道。我这个外来的贪吃家伙沾光不少，骄傲地代 Luc 及陈妈妈向他们热情推介——请多多捧场。

在这个既陌生又熟悉的环境中，在一通色彩丰富的热闹忙乱当中，在黑夜中发亮的温柔眼神和满足笑容中，前往高雄的第二个任务顺利完成。我终于可以坐下来，流着汗把面前的种种美食一一尝过，有情有义，有互动有交流——果然是别具一格的当地好味道。

紫米酒酿

先将紫米与白米洗净,下锅加水煮约半小时,加红糖调味,再加入适量酒酿,熄火待凉。可保温暖吃,亦可放入雪柜冰镇,是炎夏健康甜食首选

杧果荔枝蘸酱

杧果去皮起肉切成碎粒,荔枝去皮去核起肉,现磨黑胡椒与三分之二杧果碎拌匀,将荔枝肉及剩余杧果肉置其上,以柠檬、薄荷或百里香草装饰

杧果姜末蘸酱

杧果去皮起肉,一半放搅拌机内与洗净的姜片打碎成蓉,置碗中,再将另一半杧果肉置其上,以紫苏叶装饰

杧果葱酥辣味蘸酱

杧果去皮起肉,与切细之去籽红辣椒丝拌匀,置碗中,撒进用鹅油炸香的葱酥,以薄荷叶装饰

鹅油烤洋葱及马铃薯

马铃薯洗净连皮切片,洋葱去皮切片,平铺于锡箔纸上,以小匙浇上适量鹅油,置明火烤炉上烤熟

鹅油烤芦笋、秋葵及蒜头

分别将芦笋洗净切走根茎末端,秋葵去壳切薄片,蒜头原颗,平铺于锡箔纸上,以小匙浇上适量鹅油,放明火烤炉上烤热,撒上少许海盐及现磨黑胡椒调味便可

南瓜土豆蓉

南瓜去皮去籽切片,隔水蒸熟,土豆连皮放水中煮熟,去皮,与南瓜片一起放碗中压成蓉,加入适量盐、黑胡椒调味,亦可加入少许鲜奶油或黄油让口感更加幼滑

鹅油烤白玉苦瓜

白玉苦瓜洗净切厚圈,去籽,铺于锡箔纸上,放明火烤炉上烤热,撒进少许海盐及现磨黑胡椒调味便可

鹅油葱酥野菌糙米饭

糙米洗净,野菌洗净切片,加水煮熟成饭,置碗中,浇入一勺鹅油葱酥拌食

盐烤秋刀鱼

秋刀鱼洗净,不必剖取内脏,以大量粗盐擦封鱼身,放于烤热的石板上,慢烤至全熟,撕弃鱼皮,撒上少许青柠檬汁于鱼身供食

白萝卜昆布柴鱼汤灼猪肉片

以昆布及柴鱼熬汤,再放进白萝卜共煮,汤成后转盛于小锅中,猪肉切薄片,灼进热汤中,转熟可食

茄冬月桂炖土鸡

茄冬叶与月桂叶平铺锅内,加适量白酒,将切洗好的鸡块炖煮至少两小时,上碟前下少许海盐调味

二十年,两顿饭

我们这些自以为是的人其实也总得互相依傍,
你撑我、我撑你地走过疲累的低沉日子。
远隔十万八千里,一通短讯、一句问候,
千挑万选的一小盒家乡经典点心,
煞有介事地跑到 Ray 现居的
在台北阳明山上自建的房子,
说好不必他动手,让我来买菜、来下厨、
来配酒配茶配点心,
隔了二十年再上演好戏的下集,
结局还未到。

　　很清楚记得，第一次到陈瑞宪（Ray）在台北忠孝东路上的正义国宅家里竟然就是一起动手做饭。嘴馋的我担心吃不饱，还在他家楼下的惠康超市额外买了两包已经配好料调好味的豆豉排骨，更自作聪明地多买了一些蒜头、豆豉和红辣椒，一心要舞弄出一碟像样的广式蒜头豆豉蒸排骨——结果味道还算可以，就是那些由别人做主宰割的排骨不是太肥就是太瘦，蒸起来不是太大就是太小，所以整体来说还是不合格的。对于不能一展所长赢得食客们几下掌声，我竟是一直耿耿于怀——即使这已经是整整二十年前的事。

　　Ray平日做人温文有礼，处事淡定有度，处理大事之余，他对这些饮食生活细节还是很挑剔讲究的。对于我这个"后辈"对这盘排骨驾驭失误，他倒是没有太严厉批评，只是以身作则地搬出他准备好的几盘拿手菜——该都是他在日本留学和工作期间锻炼出来的菜式和手艺吧，好吃好看到我现在怎么想都想不起究竟当晚吃的是什么了。但那个连接着厨房的有趣的用餐角落，那些极其有戏剧性、实验性的灯光氛围，还有居高临下窗外夜里高架桥中车来车往激发的流动能量——那个晚上视觉味觉的经验是如此的强烈深刻，Ray也有足够的宽容让"年少"的我自知来日方长，总有一天我会动手为他、为一众，在他家里再做饭吧。

　　如是者二十年过去，其间我们当然在台北、香港、北京、巴黎都先先后后碰过无数次，吃过无数顿饭，甚至有在别的朋友家里一起吃喝，就是没有好好地安排到他家里再补足多年前的小遗憾。其实Ray这些年来也的确太忙，自家的建筑设计事务所完成众多项目：台湾诚品书店台中店、高雄店、台北信义区旗舰店以及实践大学新校舍的室内规划，汕头大学图书馆、台北故宫博

物院的三希堂茶室、好几家高级日本料理店和百货商场的室内装潢……当一个人把自己的精神和心血都贡献社会作为集体分享之际，牺牲了的恐怕不只是为自己做一顿饭的时间。

Ray 从小在一个管教严格、优良的富裕家庭里长大，曾经留学日本，受日本美艺文化的熏陶影响，创作实践中长期执着于声色光影空间规划造型的细腻，是我早期认识的台湾朋友中可以马上推心置腹、肆无忌惮、无所不谈的第一位。视之为偶像有点太客气，把他当前辈他会翻脸，但说实话他就是一个不一定会引我走上"正路"的兄长。

1997 年我在香港买了新房子，正在苦苦思量该如何装潢，心血来潮把路过香港的 Ray 请到我的新家去逛逛，望他给我建议。怎知他还未上楼，一句"指示"过来让我把三房两厅的间隔墙全部推倒，还原为一个最简单、最利落也最有可能性的开放空间。作为小弟的我当然乖乖听话。从此，吃喝、工作、睡觉以至沐浴都在一个无遮无掩的空荡荡的大环境中，轻松活泼快乐，一眨眼又是十多年，说得严重一点就是 Ray 的那一个建议建构了这些年来我的日常起居习性，慢慢成为生活准则和态度。如果我们这么喜欢说"你吃的东西决定了你的生活"（you are what you eat），恐怕"你住的地方决定了你的生活"（you are where you live）也没什么错。

　　我们这些自以为是的人其实也总得互相依傍，你撑我、我撑你地走过疲累的低沉日子。远隔十万八千里，一通短讯、一句问候，千挑万选的一小盒家乡经典点心，煞有介事地跑到Ray现居的在台北阳明山上自建的房子，说好不必他动手，让我来买菜、来下厨、来配酒配茶配点心，隔了二十年再上演好戏的下集，结局还未到。

　　我对台北的传统菜市场也算熟悉，尤其在过年及时节前去乱逛市场，会特别拥挤，但却会格外兴奋。这回贪方便，在微风广场的超市里把食材一网打尽。因为心里想的是几种不同饮食文化的碰击融合——东南亚口味的大虾和橘柚加上鹅油葱酥凉拌，韩国的小鱼干泡菜拌饭，印度风味的香料奶酪配秋葵，南美传统的辣椒牛油烧玉米，还有临时登场的当季鲜甜的台湾竹笋蘸上红莓焦糖酱，买来的日式黑糖麻糬及抹茶羊羹，以台湾杧果做馅的冻布丁，一口气把近年来在自家厨房里常常烹调自用的菜式都集汇登场，好让Ray这位兄长检阅一下小弟应该有点进步的身手。

　　来到风光明媚、景观开阔的阳明山上这叫人哗然的私宅，也不知是羡慕还是妒忌了。反正这个结构简单通透的"盒子"，装载的都是屋主人经历千锤百炼从璀璨回归平淡后的家用精品。这里是Ray现阶段的居停，不晓得他什么时候又会变身翻开生活另一篇章？三年、五年、十年、二十年？再来第三顿、第四顿、第五六顿饭。既然如此，我也胆敢承诺，每顿饭、每道菜都有不同，都有创意，小心吃着甜品会咬出一张纸条，感激尽在不言中。

鲜虾橘柚凉拌

材料：
大虾	3只
橙	3个
西柚	2个
香茅	3株
红葱酥	4匙
金不换	1把

酱汁：
蜜糖	1茶匙
青柠檬	2个
红辣椒	半个

- 先将蜜糖、青柠檬汁及辣椒调匀成酱汁。橙和西柚去皮后拆肉，香茅嫩茎及金不换叶片切细，置于大碟里，与酱汁拌匀
- 鲜虾肉以橄榄油炒熟，铺在凉拌上，再铺上葱酥

香料奶酪拌秋葵

材料：
秋葵	20条
薄荷叶	1束
姜蓉	2匙
纯味奶酪	200克
芥末籽	1匙

- 薄荷叶片切细，放进奶酪里加姜蓉和炒过的芥末籽一起拌匀，成为蘸酱
- 秋葵在沸水中烫熟，切去头尾待凉，以蘸酱浇入拌食

牛油辣椒烧玉米

材料：
玉米	4根
牛油	2厚片
青葱	1束
干辣椒片	适量
盐	少许

- 玉米以热水先煮熟，再以牛油起锅，稍微把玉米煎香，加少许盐、干辣椒和葱花下锅调味拌匀

小鱼干泡菜拌饭

材料：
凉拌生菜	2款
韩式大白菜泡菜	1小盒
韩式萝卜条泡菜	1小盒
糖渍鱼干	1小盒
腌渍莲藕片	1小盒
白饭	3碗
麻油	2汤匙
韩式辣椒曲酱	1汤匙

- 先按人数煮一锅白饭备用。生菜掰细，泡菜切丝，加上几款韩式腌渍材料，以曲酱及麻油调味，与饭拌匀，上盘后铺上腌莲藕片

鲜笋配红莓焦糖

材料：
竹笋	2只
红莓果酱	2大匙
原糖	2匙

- 竹笋连皮整只放水中煮熟，待凉后剥皮，将笋肉切小块，吃时蘸上用果酱与原糖熬成的焦糖酱

黑糖麻糬、茶羊羹、杧果布丁（现买）

筑梦山居

直到入黑下山，
车厢外流过的公路灯光迎面刺眼，
我还是有这么一种正在做梦的感觉。
而这梦中的我是神清气爽的、
脚踏实地的，也很自觉很清楚，在那不远处
那更高更深的山里有一个值得继续寻找的
目标，有一个需要努力追求的方向。

梦回现实，
是一种贴心问心的经历。

　　直到入黑下山，车厢外流过的公路灯光迎面刺眼，我还是有这么一种正在做梦的感觉。而这梦中的我是神清气爽的、脚踏实地的，也很自觉很清楚，在那不远处那更高更深的山里，有一个值得继续寻找的目标，有一个需要努力追求的方向。梦回现实，是一种贴心问心的经历。

　　人在马来西亚，热情好客的早慧大姐太清楚我的喜好，除了在休假的日子亲自驱车接载我们去一尝地道的炒粿条、云吞面和柑橘水，午后时分流着汗在小摊档旁，热辣辣、冻冰冰地吃喝得很是过瘾，还刻意介绍我认识她的一位好友，既是室内设计师又是雨林保育项目策划人还是美食家的露西（Lucy）。坐在Lucy完工不久的工作室的厨房里，喝着她亲手为我们弄的热情果茶，谈到明天将要到的那山里雨林中的房子，谈到明天将一起动手弄的那顿饭，叫人充满想象和期待……

在吉隆坡东北面三十公里的山里，这个唤作"Tanarimba"的雨林保育项目是 Lucy 与建筑师好友帕特里克（Patrick）合作已经超过十年的一个事业。说是事业，因为这里占地约三千公顷，从海拔五百米一直延展提升到一千五百米，当中有约六百公顷分阶段进行低密度的开发，作为住宅、度假别墅、退休活动中心以及有机农庄和花圃，其余的都永久保留作为保育的原始雨林，只能徒步登山探访这里种类丰富的动物和植物。我们从吉隆坡市区外围驱车过去，不到半个小时的车程，就到了山下的一个小村集，Lucy 带我到这里的水果摊买了好些黄梨（菠萝）、山竹、香蕉，挑了好些蔬菜，当中有一种叶片一面翠绿另一面紫红的，很是好看，买来做沙拉凉拌最合适。

　　打从进"Tanarimba"的闸门,我就已经哇哇连声,大呼不得了。下车在接待中心勾留片刻,被这有如教堂的简约利落的原木建筑和通透采光设计给震撼住。接着沿坡路深入山里,马上感受到空气的甜美清凉,盈眼丰富的绿更是不在话下,路经一个用作接待访客的活动中心,欢声笑语隐约从林间传来。然后我们面前出现的是一幢高架在山林间的住宅,正是Lucy的合伙人——建筑师Patrick和夫人秀莲新近落成的房子。两位主人客气地把我们迎接入屋,我几乎不相信我竟然有机会身处这样一个比梦里更梦幻的地方。

　　站在相连的开放式厨房的宽广阳台上极目远望,崇山峻岭环抱,面前景色郁秀,灵气逼人。从来对风水和气场这回事没有什么研究,但此时此刻站在此间,一切都毋须解说,自然明白。

不同时代的人做不同的事，同一个时代里不同年纪的亦在人生的航道上各有目标，有幸认识到这几位前辈，以身作则地为我们未来的游走和留驻提供了一些启示。当我视失衡的营役为日常等闲，甚至理所当然地以超速增压透支为乐，以证实并厘定自己在社会上的功能和位置时，冥冥中偏就是安排了我有这一趟机缘，在这山居里亲身经历一个似人间好梦的建筑构成。

十年来Lucy和Patrick及一众伙伴，从无到有，从"有"又再回到更自然更放松的"无"，一点一滴地积累，一方一寸地保育。我们利用午后的时间在山里走动，到果园去看长得茁壮的众多热带果树，到有机农庄去看满田满垄的清鲜蔬菜，现采斑兰香叶回去备餐。经过鱼池、荷花池，远眺Lucy的丈夫筹划多年准备要盖的"梦想之家"（Dream House）的工地。我们固然可以用上一堆"幸福""美满""和谐""快活"诸如此类的形容词来描述这山居里的一群筑梦的人，但不妨更深入了解认识一下他们在这寻梦路上的取舍、挣扎、执着、坚持，如何为自己人生的不同阶段绘画不同的风景。

傍晚时分，太放松太闲适的我才忽地记起这趟进山的"目的"，也因为有Lucy这位烹调高手作为坚强后盾，我的主要任务只是负责用斑兰叶包裹好一条剖开处理好的用盐巴和姜擦洗干净的非洲鱼。只见Lucy有条不紊地把各式蔬菜汆烫过作为凉拌，为丁香白切肉配上酸辣蘸酱，随即更不慌不忙地弄出一大盘牛油果松子酱拌意大利面，轻松上桌，大家吃得不亦乐乎。当大家争相添加Lucy前一晚就为大家准备好的南瓜番薯

亚答子薏米糖水,正在厨房另一端的Lucy突然高声呼喊:"来,快来看月亮!"

银月如盘,在峰尖云端跳脱露面,给世间有心赏月人带来简单又贴心的欣喜欢愉。虽说何夜无月,何日无山林草木、花鸟虫鱼,但大家有缘此间相见,山中一日,世上打个折扣也有那么几百年。

热情果香草饮（四人份）

材料：
百香果(passion fruit)	2个
姜	6片
香茅(lemon grass)	3株
糖	少许

- 先将香茅切去茎末近根粗壮部分，与姜片一道放进水锅里煮沸出味
- 百香果剖开取果瓤，放进已煮好的香茅姜水中拌匀
- 薄荷叶洗净切碎放入浸泡
- 加糖适当调味便可盛杯中待客

紫色野菜凉拌

材料：
紫野菜	1把
柠檬汁	3茶匙
麻油	少许
芝麻	1汤匙
糖	适量

- 先将野菜洗净余烫过，切成两厘米长，沥干备用
- 以柠檬汁、麻油、糖拌成调料
- 调料拌进野菜中，撒上烘炒过的芝麻便成

丁香白切肉

材料：
去皮五花猪腩肉	250克	蘸酱：		
丁香	6粒	柠檬汁	2茶匙	
		酱油	1茶匙	
猪肉腌料		芝麻	适量	
绍兴酒	1汤匙	麻油、糖	各1茶匙	
盐	1汤匙	意大利陈醋	1茶匙	
		黑胡椒	适量	

- 先将五花猪腩肉洗净，以绍兴酒及盐腌上二至三小时，或先腌一夜
- 把丁香放猪腩肉面上，隔水蒸一小时十五分钟
- 蒸好后取出待凉后切薄片
- 将蘸酱调好，加入芝麻拌匀，猪肉加酱汁共吃

羊角豆凉拌

材料：
羊角豆	20根

蘸酱：
跟猪肉酱料共享

- 把羊角豆在沸水中余烫三分钟或隔水蒸五分钟便可上碟，浇上酱料即完成

斑兰叶烤鱼

材料：
非洲鱼（或其他海鱼）	1尾
盐	5汤匙
姜	5片
斑兰叶	10片

- 将鱼清洗取出内脏，洗净，保留鱼鳞
- 以盐把鱼身内外搓抹数分钟
- 把姜片放鱼腹内，鱼身再加盐及胡椒，以保鲜膜盖好放冰箱中，腌约一小时
- 把鱼取出，以斑兰叶捆包好，放烤箱中以220℃烤约二十分钟即成

松子牛油果拌意大利面

材料：
意大利面	1束
松子	半杯
牛油果	1个
橄榄油	4汤匙
盐	少许
现磨黑胡椒	少许
罗勒叶	1束
蒜头	1球
柠檬	1个

- 先将蒜头以锡纸封好，放烤箱中烤约一小时，取出去皮后取蒜肉备用
- 牛油果剖开取肉，放入搅拌器，加入洗净之罗勒叶、烘炒过的松子以及橄榄油、盐、黑胡椒、柠檬汁一起搅拌成酱汁
- 意大利面煮好沥干水
- 把酱汁拌进即完成

南瓜番薯亚答子薏米糖水

材料：
亚答子	20粒
南瓜	1小个
番薯	2个
斑兰叶片	2片
薏米	半杯
糖	少许

- 把十五碗水煮沸，把薏米斑兰叶片倒进煮半小时，加入南瓜、番薯以中火煮半小时，待所有材料都煮软，加入亚答子及适量的糖，煮十分钟便完成

恰同学少年

我们这些路过的游人，
会惊讶某些已经是属于
祖辈上几代的事物以至味道，
竟然可以大致完好地
有意无意地被保留下来。

碰到的认识的槟城人，
也都因此各自有了更细致、更多层次的生活叙述，
而交往下来谈到饮食经验，
都是眉飞色舞、滔滔不绝，
可见食物在这个充满着人情迷结的社会关系里，
始终扮演着一个重要角色。

三十年之后,我还在吃什么喝什么?

一个实在不敢轻易问自己的重量级问题,远远超出口腹之欲的八卦无聊。关于食物的未来,指涉的其实关乎跨国政治经济的相互制衡,交通运输物流系统的更新开发,耕种和养殖在传统与科技方面的取替互补,物理、化学等科研对传统烹调的刺激启发,公共和私家餐饮空间装潢的创意演绎,社会主流文化与亚文化对饮食这个母题的讨论和实践参与……所以我根本没法预测十年后、二十年后乃至三十年后我和身边一众还在吃喝什么——即使我们理所当然认为那些从小吃到大的"妈妈做的菜"一定是会被千方百计地一代传一代,给予尊重、给予保留成为经典的安慰食物(comfort food),但我们也早有心理准备,一切可以下锅的端得上餐桌的,都正在经历天翻地覆的本质上的变化。简单如一碟豆腐,也得坦然面对从里到外的预料中或想象外的急剧变幻风景。对这不确定的未来吃喝,可还是得抱一个乐观好奇的冒险心。

也许有人对我等把吃喝当成日常生活头等大事实在不以为然，严厉者还会加以指责劝诫，认为生命意义不该仅止于此。我倒是反复认定饮饮食食是当代最大议题，从严肃认真重要如食物安全卫生、食品公平贸易、食物与碳排放与气候变化种种问题，到有机饮食与当地文化的关系、全球快餐走向与慢食风潮冒起抗衡、传统饮食风俗的承传与前卫分子料理的实验创新，即使到了纯粹的感官与味觉享受层面，也是大家最乐意关注、最热烈谈论的。我义无反顾，你嗤之以鼻，也是正常社会里正常不过的事。又或者说，你我在人生的不同阶段中有不同的选择取向，主动的、被动的，各有先后。同桌吃饭，可以狂欢尽兴、可以眉目传情、可以深交结拜，但也可以不瞅不睬、各自修行，这就更凸显了吃喝这回事也是一个矛盾有趣的混合体。

槟城，历史上本就是混合了多个国家多个民族多种文化游移

流徙感情记忆的一个地方,更何况在这大半个世纪以来,槟城以一个相对内敛缓慢的速度在微妙、神奇地变化着。我们这些路过的游人,会惊讶某些已经是属于祖辈上几代的事物以至味道,竟然可以大致完好地有意无意地被保留下来。碰到的认识的槟城人,也都因此各自有了更细致、更多层次的生活叙述,而交往下来谈到饮食经验,都是眉飞色舞、滔滔不绝,可见食物在这个充满着人情迷结的社会关系里,始终扮演着一个重要角色。

有缘结识扬泰和他的家人,更以嘴馋贪吃为最理所当然的借口,登门一尝扬泰亲自下厨做的混融东南亚口味的法式料理。一如过往每到一个新地方,认识新朋友,尝试不同味道,我们的交往都从游逛当地的菜市场开始,在层层堆叠如山的水果摊档中,两个本来互不相识的中年男子打开了话匣,让我得知这位曾经在法国经营餐馆多年的前辈,其实有过一段波澜壮阔、澎湃激荡的青春日子。也因为这些被写进史册的事件,他远离家人亲友,几经辗转才在异地暂得安定,进入人生另一阶段,尝得不一样的滋味。

扬泰当年在法国边境洛林(Lorraine)地区经营起本非自家专业的印度尼西亚餐馆,而且几年下来弄得有声有色。因为生计,因为存活,要拼搏与有梦有理想,要通过食物传达文化讯息本是十分割裂的两回事,但竟又让扬泰在同一时间取得了平衡,做了完美实践。难的是两回身边的妻儿都同甘共苦,一起经历体验这刻骨铭心的人生一页。

所以在离开十多年之后终于重踏故土，在槟城重新安顿，展开又一段旅程。这个阶段的扬泰当然更稳重、更坦然，下厨再不是职业压力，烹调成为生活日常兴趣。我有幸在这个时候交上这位朋友，亲尝他前后花了十多个小时在家里慢慢预备款客的美味，更在这典型的热带式家居氛围中，时空交错连接起他轻描淡写娓娓道来的昔日人事情景。恰同学少年，风华正茂，书生如他，一步一个脚印，人生边上留下的又岂止是老饕游食的足迹。

三十年之后，他方、异地、故国、本土，我们又在吃什么喝什么？

咖喱酥角

酥角皮：
面粉	180克
牛油	150克
盐	少许

香料：
芫荽粉	3匙
小茴香粉	2匙
茴香粉	1匙
黄姜粉（加色用）	少许

馅料：
洋葱、蒜蓉	5茶匙
咖喱粉	2汤匙
鸡肉（切粒）	500克
土豆	2个
盐	少许
黑胡椒	少许

- 以上四种香料拌匀，备用
- 先将面粉与牛油、盐搓匀，太硬的话，加少许清水，搓好后放置着备用
- 以擀面棍把面粉团擀成皮
- 将土豆用水煮熟，切成细粒状，与盐、黑胡椒及香料粉拌匀
- 爆香蒜蓉及洋葱，加入咖喱粉及鸡肉，以小火略炒熟，备用
- 土豆和炒好的鸡肉混好，把皮放在手掌上，放入馅料，然后锁边
- 开油锅把酥角放入热油中炸熟即成

香料虾

材料：
大虾	8只
虾米粉	1茶匙

汁料：
姜	3片
南姜	2片
香茅	4根
红葱头	4粒
辣椒粉	适量
蒜头	1瓣
黄姜粉	1茶匙
椰浆	1罐

- 先把大虾以盐、黑胡椒及黄姜粉稍腌
- 以大锅热油把大虾走一走油，离锅后撒少许海盐，备用
- 汁料材料先切细，起锅后开始兜炒，加一杯虾壳熬煮成的水，大火煮至水分开始减少，加香茅，倒入椰浆煮至浓稠
- 最后以少许油，加一些虾米粉起锅，将走油后的虾略兜炒，然后与煮好的酱汁拌匀即上碟

绿酱柠檬汁烤鸭肉片

材料：
鸭腿	1只
胡椒粉	少许
豆子	少许
海盐	适量

酱汁：
红葱头	5粒
蒜头	5粒
绿酱(金不换叶/蒜蓉/橄榄油混合)	1匙
黄姜粉	少许
椰奶	少许
牛油	1小块
盐	少许

- 鸭腿以胡椒粉、豆子及海盐腌半天
- 以油起锅，把切碎的红葱头、蒜头及绿酱爆香，加进少许黄姜粉，然后逐步加进椰奶、少许盐调味，煮至稠状。关火后加进小块牛油增香
- 鸭腿放在预热的烤炉里约烤焗七分钟，拿出后切片，以酱汁拌吃

黄姜饭

材料：
蒜头	1瓣
黄姜粉	少许
白饭	2碗
椰奶	少许

- 蒜头切细，先以油起锅爆香，加少许黄姜粉兜匀，加进米饭一起炒。最后加少许椰奶增香

苹果派

材料：
饼皮（在超市买冷冻的即可）

馅料：
青苹果	5个
鸡蛋	2只
淡奶油或鲜椰浆（或各一半）	350克
原糖	4汤匙

- 青苹果削皮去芯，然后切薄片（可浸在水中一会儿以防变色）
- 饼皮在饼盘上铺好，在预热好的烤炉(180℃)里先烤至半熟
- 鸡蛋打开，与淡奶油及糖拌匀成为馅浆
- 苹果薄片铺好在半熟的饼皮上，然后倒进拌好的馅浆
- 放进烤炉中，大概二十分钟便完成

娘惹恋

看着陈列架中这些纹样繁杂堆砌、用色
有点俗艳的杯盆、碗碟、盅罐，
我甚至觉得同样的娘惹食物
放在不同颜色的器皿中，
说不定也会吃出不同味道。

还是乖乖地回归日常，
用比较平民化的蓝白青花瓷盛载，
吃得比较安心。

恐怕没有人可以跟我好好解释,为什么在伴着我们这一代长大的那些早期香港的电视上通宵播放的五六十年代港产黑白粤语长片当中,会夹杂着那么几套拍摄于东南亚的年代更久远、不知名男女主角说着马来语的黑白电影。这些剧情铺排中充满妖媚蛇蝎妖女、半裸纯情王子、荒野山林怪兽,各自施展降头巫术欲置对方于死地的妖异电影,用今天的说法,是邪典(cult)片中之典型。虽然是黑白画面,但给年少的我留下的视觉及心灵震撼,却是七彩斑斓、挑逗诱惑、糜烂至极。这梦幻鬼魅的残旧电影中塑造的东南亚,跟我自小从家里餐桌上通过种种辛辣香料配搭而认识的东南亚味道,竟有一种微妙又非必然的关系——既像又不像,既亲近又陌生,既迷恋又惧怕,如此这般隐身潜藏了二三十年,就像一场一直发不出来的感冒。

我的外公外婆都是印度尼西亚华侨,姨婆以及上两代其他长辈们都在这二十年间先后离世了,家里的东南亚情怀和意象也愈见稀薄,留下来的除了一度压在老家客厅饰柜玻璃桌面下、已被我好好地洗烫后收折起来的手工蜡染沙龙布,就是那批已经变黄的外公外婆的早年照片。外婆年轻时是个标致美人,和她的亲妹我的姨婆一起在东南亚的婆娑椰树下,一身穿着都是当地土生华人传统服饰,真真就是我们今日在东南亚土生华人博物馆里看到的当年妇女的穿着打扮。

广义来说，由上几个世纪开始，从中国内地移民到东南亚的华人移民，与当地人通婚的后裔，都被称作峇峇（Babas）。峇峇有时专指男性的土生华人，而女性土生华人就被称作娘惹（Nyonyas）。这些土生华人主要分布在马六甲、新加坡、槟城和印度尼西亚，生活中的一些习俗和祭祀仪式，都直接承袭了明清时期的规矩，也结合了当地马来人、印度尼西亚人以至印度人的生活方式，在欧洲殖民统治的几百年间，这批土生华人的生活也格外地洋化。在这政治、经济和多元民族文化的冲击下，土生华人峇峇娘惹从日常服饰、语言谈吐、家居布置、教育背景、社会地位、宗教信仰等方方面面都明显地反映出一种博采众家之所长的特性。而最叫人印象深刻，亦是最为人乐道的，是峇峇娘惹的家常和宴会餐桌上的饮食，涵括了福建、广东沿海各地区的传统饮食特色及烹调技术，加上对马来西亚、印度尼西亚、印度、泰国等国香料香草和土产的灵活应用，与一并纳入的殖民地统治者荷兰、葡萄牙和英国的菜式特点，绝对是你中有我、我中有你的功夫菜。就在广布东南亚各地的峇峇娘惹的厨房当中，姑嫂妯娌舞刀弄铲、细切慢煮，七色八彩，汇聚发展出一个庞大复杂的美食系统，在以香浓辛辣的味道抵挡消解因潮湿暑热而滞味的同时，提醒呼唤着漂洋过海的家族男丁早日回家，也让发掘人间美味的各地老饕们回味再三，从"娘惹食物"开始感受移动漂流中的"娘惹文化"。

我的外曾祖父迎娶的正是一个印度尼西亚首领（Kapitan）的女儿，如果要架构一个族谱、画一棵家族树的话，那我的血液里肯定流着几十分之几的属于峇峇娘惹的辛辣香浓。自小被外公外婆宠着，从家里的小厨房小餐桌吃到街外食肆酒楼，遗憾的是在二老生前没机会同她和他回老家再走一走，没法目睹二

老与当地食物和食材因思念而无限放大的亲昵关系。幸好外公爱吃外婆下厨做的菜,我这个外孙得以升格同台共食,所以有那么十样八样经典娘惹菜确实在我家餐桌上出现过,如酸甜清香的阿扎鱼、浓重肥腻的豉油(豆油)焖肉、咸香扑鼻的咸鱼头咖喱、汤鲜味足的福建虾面、酥脆惹味的五香炸肉卷,以至用上椰浆、斑兰叶、椰糖调味的木薯黏米或者糯米娘惹糕,都是我小时候的至爱。也因这些菜式和味道有别于身边朋友的日常口味,即使不让我自感优越,也肯定自封异类。

可是自从外公外婆以及带大我妈、我舅以及我们兄弟妹几人的老管家离世之后,家里厨房的娘惹味就几乎画上句点。因我的强烈要求勉强会在一年里出现一次的,只剩下同样花工费神的福建薄饼(春饼),这跟外公祖籍福建金门有关,说来又是另一个味觉故事。这戛然中断的美味关系,直到数年前的一趟马六甲之旅才得以重新延续。在那好几家门面室内依然尽量保留着昔日繁华架势的峇峇大族老宅里,人去楼未空,转型为餐馆后,进门的都是外来的希望一尝娘惹菜真正滋味的食客。我在昏黄的灯光下拿着餐牌对照菜名和附图,点了好几样似曾相识的菜式,吃来依稀有点印象和感觉,但却还是没有那一种就是他、就是她的久别重逢的喜悦之感。

不吃还好,吃了更加纳闷惆怅。冷静下来细心想,这也恰好就是娘惹菜的特点吧。各地各家包括每一个人口味都会有所不同,马六甲的娘惹菜跟新加坡的也许较接近,但跟槟城甚至印度尼西亚棉兰的就很不一样。即使是同样的虾膏(峇拉煎)、虾米、黄姜、香茅、疯柑叶、辣椒、椰浆、椰糖、斑兰叶,都因为不同的手法、不同的轻重拿捏而有落差变化。

就如在新加坡的土生华人博物馆（Peranakan Museum）里看到的彩瓷，粉蓝配苹果绿、湖水绿撞粉红、红绿釉又与明黄一起，各大富裕家族各因自家用色喜好甚至只是为讨个意头，不惜花重金远至景德镇、日本以至欧洲订制只此一家的彩瓷。在婚礼、生日、周年纪念和华人节庆的重要场合中才珍而重之地拿来应用。看着陈列架中这些纹样繁杂堆砌、用色有点俗艳的杯盆、碗碟、盅罐，我甚至觉得同样的娘惹食物放在不同颜色的器皿中，说不定也会吃出不同味道。还是乖乖地回归日常，用比较平民化的蓝白青花瓷盛载，吃得比较安心。

兜兜转转，我的槟城好友终于知道我原来一直有着娘惹菜的情结，二话不说，先是带我来一个热身，到一家当地的娘惹糕生产工厂走了一转，见识到这种本来只在家里小规模手工做的节庆

糕点如何发展为作坊大量生产的日常点心。也顺路经过一个热闹的熟食档，目睹年轻档主夫妇如何在十分钟内摆放好一个堆满三四十种咸甜不同蒸炸糕点的摊子，熟练应付早已排成长龙的客人。我把那用了椰浆和椰糖调味（也应有一丁点盐）、斑兰叶染色、糯米和黏米做料的其中一款甜中有咸的娘惹糕放入口，那种熟悉的、真正的、属于童年家里那个挤迫的小厨房的味道忽然回归。

火乘风势，好友随即把我带到一家唤作"Nyonya Breeze"的小餐馆。有别于一般娘惹餐馆都用上大量旧砖地板、旧吊扇、旧家具和海报去打造室内氛围，高档的连餐具也用上疑似彩瓷古董，但这里的装潢却真的是简单素净得可以，分明是另一种"不吃装潢、只吃味道"的经营原则与态度。迎上来的是笑容满面的店主罗茜阿姨（Auntie Rosie），大半生从事花艺工作的她，自小就跟外婆和妈妈学得一手娘惹好菜，终于几年前在一班贪食好友的怂恿游说下开了这家小店。本来只是试试看，把自己在家里爱吃的煮出来分享一下，怎知一开业就引来一群老饕，叫好叫座，是城中再也守不住的秘密。

只见一碟又一碟没有花巧摆盘卖相的凉菜、热菜端上来，看来简单，但一入口就知道这绝对是多年厨房功力的一种演练，所有的繁复仔细都得以精准妥善保留，举重若轻、信手拈来，叫客人吃得轻松自在如在家里，这可是一种发自内在的魅力，一种无法强求的高超境界。厨中忙完，邀得 Auntie Rosie 同桌，一边吃一边聊天，从她过去在家里厨中如何学艺到她几十年经营的花店到现在身边有志继承娘惹菜传统的年轻徒弟，我深深地感到

当一个人对她（他）的味觉根源是如此地珍惜尊重时，会想尽方法承传保留而且与众分享，这样就能活得更踏实，更有自信、神清气爽。

当 Auntie Rosie 谦虚地问我这一桌饭菜味道如何，我怔了十来秒，需要深深呼吸才吐出这由衷一句："这真真就是当年我在家里吃到的老好味道，感激感动之至。我，我能有幸来做个小帮工在厨中跟你拜师学艺吗？"Auntie Rosie 听了哈哈大笑："好，什么时候来？每个菜都可以教你做，不过事先声明，三餐包吃，工资就不发了，捐作慈善用途。"

好一场魂牵梦萦的娘惹恋，来到今日竟然有幸得到 Rosie 师傅口头承诺收我入厨为徒。寻根一页翻开，更精彩的还在后头。

1 阿扎酸菜 Acar Awak

- 先将黄瓜、红萝卜、椰菜、长豆、乌龟豆等蔬菜放入煮沸并加入醋的水中煮约一两分钟，取出沥干水分备用
- 将葱头、蒜头、虾酱（峇拉煎）、黄姜、南姜、辣椒、香茅等材料舂碎，以油爆香，加入调了盐和糖的白醋拌匀，盛起待凉
- 拌入煮熟沥干的蔬菜中，再加入香炸红葱头碎拌匀
- 倒入炒香的花生碎及芝麻拌匀即成

2 西念豆巴拉武 Kerabu Kacang Botol

- 先将西念豆洗净，盛起沥干水分，然后切段备用
- 将红辣椒、朝天椒、烤过的虾酱（峇拉煎）舂烂，加入酸柑汁和糖，制好的酱拌入切片的红葱头、切片的虾仁、炒香的鲜椰丝，加入酸柑汁、少许糖与西念豆拌匀即成

6

3 鱿鱼沙葛生菜包 Jiu Hu Char

- 先起油锅爆香葱蓉，加入干鱿鱼丝炒香，然后放入调味料（蚝油、鱼露、白胡椒粉），微炒后加入五花肉丝、沙葛丝、红萝卜丝、椰菜丝、香菇丝，慢炒至汁液收干便成。吃时以生菜包裹，并加入将红辣椒、朝天椒、虾酱（峇拉煎）舂烂后与酸柑汁和糖拌成的蘸酱共食

4 阿扎鱼 Acar Hu

- 将鱼块煎炸至香脆，沥干油分备用
- 白醋与盐和糖加热至溶解，加入鱼块腌浸
- 起油锅将黄姜片炒至油变黄色，取出黄姜片，再放入姜片与蒜头爆香，收火后加入已腌浸的鱼块，撒上少许烤好的芝麻即可（放隔夜更入味）

7

5 甲必丹鸡 Kapitan Chicken

- 烧热油锅爆香已舂烂的红葱头、蒜头、香茅、南姜、辣椒干、虾酱（峇拉煎）、黄姜，然后加入鸡腿块微炒，再加入鲜浓椰浆、水与洋葱碎煮至汁浓鸡熟，最后加入盐和糖调味，再加入香炸红葱头便成

6 炒参巴椰浆虾 Goreng

- 先将茄子切片泡油至软，捞起沥油备用
- 以香茅碎及虾酱（峇拉煎）水起锅，加入罗望子水、椰奶及糖，放入去了壳之虾肉煮熟，并将茄子放入拌匀，上碟时加上炸过的腰果、蒜片及红葱头片便成

8

7 虾酱炒猪肉 Hey Ya Kay Char Pork

- 五花肉烚熟切片备用。烧热油锅加入鲜虾酱，再将五花肉放入兜炒，然后将罗望子水、盐、糖一并放入，慢炒至汁液收干，起锅上碟时撒上青红辣椒片、炸蒜片和炸红葱头片便成

8 咸鱼豆腐汤 Kiam Hu Kut Tabu T'ng

- 咸鱼头骨洗净泡水沥干，放油锅加姜片爆香，再加入五花肉片兜炒，转入锅内加水煲约二至三小时，汤好后加入豆腐，盛碗时撒上葱花即可

9

9 凉拌野菜饭 Nasi Ulam

- 先将虾米及咸鱼切细炒至干香，加入烤过的峇拉煎粉，炒香的鲜椰丝和凉饭一起拌匀，后再加入切细的山捞叶、沙姜叶、疯柑叶、黄姜叶、红葱头片、炒香的椰丝、香茅，仔细拌匀后可上碟

10 番薯眉豆香蕉糖水 Pengat

- 番薯、芋头切粒蒸熟备用。以水煮软眉豆后加入斑兰叶及糖，煮成甜汤，加入番薯和芋头共煮，再加入椰浆和香蕉，煮软后可盛碗

10

153

喜乐分享

捧着一大篮食物走进她偌大的厨房，
一边聊天一边把晚餐要用上的材料——处理好，
Tara 也进进出出的，
一眨眼竟然就几个小时。

能让一个"陌生人"在厨房里"捣乱"，
这也该是一种很神奇的信任，但也正正如此，
我倒是信心满满地，也竭尽所能地把我对新加坡的感觉，
把我对素食的认识和对缘分的理解，
——奉上。

如果我还是十多年前那个站在新加坡唐人街牛车水市集旁边，皱着眉觉得身边一切都太有规矩太干净太不像传统菜市场的家伙，如果我还是先入为主地认定自己的粗糙无序才是"自然"，才是"大气"，继而排斥一切设计与修饰的话，我是没办法进入新加坡那经过好几代人的艰苦努力才达至完善齐整的生活空间和情感氛围的，而这固执坚持的结果就是：可惜！

其实我是那种很容易就坠进一见钟情的陷阱里的人，但我第一次跟新加坡的邂逅，是因为从欧洲回香港的航班临时要在新加坡停留一晚，完全在计划之外。这简直就像一个一向在泥地打滚的满身脏土的小孩，忽地硬被拉进一个搞好卫生甚至消过毒的一尘不染的洁净空间里，心情虚怯忐忑，手脚不知往哪里放。所以为了保护自己，就本能地筑起了一道墙，且借来人家的成见，令这一见没能钟情。幸好也只是逗留一晚，在次晨的骤雨中急急走人，没时间再加深误解。

之后是一段长达十年的"空窗期"，虽然我的确有曾经很热心惦惠我移民当地的新加坡亲戚，也有一位认识多年的新加坡漫画家兼多元创作老友约翰尼（Johnny），但这缘分一直未到，没有碰击也没有火花，只能静默。

终于来了一个机会。三年前，老友 Johnny 邀请我参与一个由他筹划的亚欧文化协会主办的国际漫画工作坊，十二位漫画家分别来自比利时、捷克、芬兰、法国、菲律宾、印度尼西亚、日本、荷兰、越南、波兰、韩国和中国香港，第一次大胆启用了"移民"这个题材，举行了长达两个星期的工作坊创作，每人要完成一个短篇漫画作品。一路密集碰击交流，特别是在新加坡这个多民族多元化的环境氛围中，正负能量同时发放，协调矛盾、相互作用，叫我这个"局外人"处身其中，忽然开始认识理解新加坡政府与新加坡民众是如何一步一步从当年走到今日，如何处理个人身份本位的确立和开放包容的集体意识。

　　两个星期过去，我画的是一个神话传说式的故事。一个嘴馋爱吃的五人家庭，在自家富饶丰足的环境里活得、吃得不耐烦，朝夕幻想冀盼吃到新奇食物，最后召开家庭会议决定移民他乡。由于不晓得路途有多远，他们携带了大量精心烹调好的食物，甚至把厨房和仓库里的剩余食材以至会下蛋的母鸡都带到船上。途中历经风浪与抢掠，终于在弹尽粮绝之前到达了彼岸。这个从未踏足的新奇地方有着与家乡截然不同的天气、地貌与动植物种。一轮水土不服之后，一家子也开始适应彼邦生活，携来的种子在这异国土地上长出不一样的果，连鸡下的蛋也都大小有异。聪明而努力的一家人，用自家种植的农作物和饲养的牲口作为食材，开设餐馆，为当地人提供新口味——餐馆一炮而红，万人空巷、财源广进，可是这家人又开始怀念起家乡的味道，而最重要的是一家五口都知道，久居此地是永远也尝不到回忆中的好滋味的，他们得继续上路，且各散东西南北，为自己的过去、现在和未来打开通道——当故事大纲想好，初稿草图完成，我很清楚知道，如果我不是身处新加坡，周遭来来往往的人不是来自这么不同的文化背景，我是不会绘画出这样一个漫画故事的。

就从那个漫画工作坊开始,我来往新加坡的机会和次数开始频密起来,原来不在我的日常航道上的一个地方,逐渐成了我关注的所在。我们时常会夸张放大自己的喜恶,形成许多不必要的偏执,口口声声要开放包容,但其实自以为是、目中无人。如此这般折腾了好些回合,机缘巧合下才勉强有些许自省和领悟,而我的领悟往往又从这些异国远方的所在地食物滋味而来。在新加坡的不同民族生活聚居的街巷,你可以吃到最地道的印度咖喱、印度尼西亚沙爹、马来西亚杂烩、华人家乡口味,以及早就混搭成独特格调的土生华人娘惹菜,越见百花齐放的欧美菜式。特别是在那十分平民大众化的由室外小吃摊与排档演变成的室内熟食中心里,同一屋檐下可以品尝到来自五湖四海的千滋百味,集中体现这个移民社会在饮食选择上的开放和包容。

一次又一次或短或长的在新加坡的游走探访,从当地旅游局刻意安排的七十二小时夸张、密集、不停口的美食之旅和设计之旅,到个人自由懒散在街头、在公园、在画廊博物馆,和艺术学院的学生、各个领域的创作人见面详谈,之前对这里的偏见逐渐消除,认识了解与日俱增,特别是老友Johnny介绍我认识了与他情同兄妹的印度籍好友塔拉(Tara),我又自告奋勇要为茹素多年的Tara准备一顿有新加坡各民族特色的素菜晚餐——我就更具体、更实在地进入完整的新加坡一天的生活。

大清早出发到华人聚居区域的中峇鲁市场,在那管理整洁有序的摊档里分别买来生鲜蔬果食材,又再跑到热闹拥挤、缤纷七彩的小印度区里去找我需要的香草和香料——毕竟这是新加坡食物给我的最大的启发,通过这些刺激味蕾以至感官的新鲜香草和研磨处理妥当的香料,更能让好奇升华,想象重组当年各个族裔

跨越千山万水移民至此，既以熟悉的厨房里一直沿用的调味品来维持与家乡的亲情关系，又大胆主动地尝试只在此热带环境氛围里才生长出现的味道。如果我们笼统地把这称作缘分，人与人、人与物、人与自然人工的环境，都在这缘分的光环下互动，贯通过去、现在和未来。

来自一个祖辈营商的印度富裕家庭的Tara，初相识就被她所发放的正能量强烈感染。自幼就聪明伶俐的她年纪轻轻就接管家族生意，但也很早就意识到她需要追求的是更大的自由与平静。Tara的父母都是虔诚的印度教教徒，从来就在家里设置的庙堂里诵经，Tara信奉的却是藏传佛教，近年更完全从家族生意的职权中心退出，全力参与信仰与教育的事务，进入了人生另一个更积极、更喜乐的状态。

来到她刚刚翻新竣工的位处高尚优美环境的大宅，原来这是她从小居住的小区。从过去四野荒凉发展至今天成熟完备，也跟一个人如何成长和修养自己有关。捧着一大篮食物走进她偌大的厨房，一边聊天一边把晚餐要用上的材料都一一处理好，Tara也进进出出的，一眨眼竟然就几个小时。能让一个"陌生人"在厨房里"捣乱"，这也该是一种很神奇的信任，但也正正如此，我倒是信心满满地，也竭尽所能地把我对新加坡的感觉，把我对素食的认识和对缘分的理解，一一奉上。更何况，饮饮食食本来就是一种分享。

胡椒杂菇白萝卜汤

材料:
白萝卜	1个
秀珍菇、鲜白菌菇、鲜冬菇	各10个
干冬菇	5只
白胡椒	4汤匙

- 把干冬菇先以清水浸软,杂菇冲洗一下,白萝卜洗净后切大块,半锅清水煮沸后把材料放入,约煲四十五分钟后即成

鲜橙苏打冻饮

材料:
橙	5个
薄荷叶	1束
苏打水	2罐

- 先把鲜橙榨汁,跟苏打水拌匀,再加上薄荷叶点缀

奶酪青瓜蘸酱

材料:
小黄瓜	2条
酸奶酪	1盒
薄荷叶	4片
盐	少许

- 把小黄瓜及薄荷叶捣碎,或以搅拌机捣成蓉
- 跟酸奶酪一起拌匀,加少许盐做调味便成

豆豉姜丝炒苦瓜

材料:
苦瓜	2个
姜	6片
豆豉	3茶匙
鲜椰子丝	2匙
油、盐、糖	适量

- 以油起锅,把豆豉炒香,放入切成薄片的苦瓜一起炒
- 再加入切成丝的姜一起兜炒至熟,加鲜椰子丝及调味后便成

加多加多杂菜凉拌

材料:
印度尼西亚加多加多(Gado Gado)酱料砖	1包
通心菜	500克
芽菜	250克
高丽菜	半个
水煮熟鸡蛋	3只
青柠檬	1个
炸豆腐粒	适量
虾片和印度尼西亚豆饼	各10片

- 先将印度尼西亚加多加多酱料砖用手捏碎,用水把酱料调开,加进一些青柠檬汁增添酸香
- 烧热平底锅,不必加油,烘脆已炸好的豆腐粒
- 烧好油锅炸好豆饼和虾片,以厨纸沥油
- 将高丽菜切丝,通心菜洗净只取叶片,芽菜洗净,烧开热水,先将几种蔬菜稍烫过,捞起后再浸冰水一会儿后以厨纸拭干,连同所有材料:炸豆腐粒、鸡蛋、虾片、印度尼西亚豆饼置于大碟中,蘸酱置于中间,吃时再自行浇上

咖喱马铃薯

材料:
黄姜粉、黑芥末、咖喱叶、干辣椒、红辣椒粉、芫茜粉	
罗望子汁	各3茶匙
椰子奶	200克
洋葱	1个
马铃薯	4个
西红柿	3个

- 将马铃薯洗净,削皮,切块。起油锅,放少许油,把黑芥末、芫茜粉、咖喱叶与干辣椒爆香,加入洋葱兜炒,然后倒进马铃薯一起煮一会。加一碗清水续继煮,下半匙黄姜粉做调色用,中火慢慢煮至马铃薯软腍,可加少许盐调味。再把切好的三个西红柿加入一起煮大概十分钟。最后再以罗望子汁调味

咖喱炒饭

材料:
内有黄姜粉、肉桂、丁香、黑胡椒粒、干咖喱叶的香料包	2包
印度米	1杯
腰果	20粒
红葱头	10粒
红辣椒	1只
芫荽、海盐	少许
橄榄油	适量

- 白米洗净,用作煮饭的水加半匙黄姜粉混合一起煮,饭熟后转胡小火继续保温
- 将红葱头去皮洗净切丝,以橄榄油中火炒至金黄加进干咖喱叶、肉桂皮、丁香、黑椒等香料续炒至香气渗出。下盐调味,然后与煮好的米饭拌匀
- 最后上桌前撒上已烘制过的腰果

南瓜米糕或香蕉米糕

材料:
南瓜	半个
或香蕉	3根
原蔗糖	2大匙
椰浆	1罐
小茴香	数颗
面粉	3大匙

- 先将南瓜洗净,去籽,切成小块,然后隔水蒸软至熟(香蕉需时稍短)
- 以小火将椰浆煮热,放入揉开果壳的小茴香,待香气渗出后,把小茴香捞走
- 煮开的椰浆中放进煮软的南瓜蓉,以调匙把南瓜蓉与椰浆拌压至稠状,同时可加原蔗糖调味
- 加入筛过的面粉不断拌匀,以增黏固。然后放入小杯中待凉,再放进冰箱半小时

直上天堂，往返人间

也许我早就对"人定胜天"的说法和做法不以为然，
倒是乐意在这天地人的永续矛盾中
不断地为自己的渺小找到还算不至于太难堪的安放，
也更接受这眼前的享乐都是过眼云烟——

即使有吾友 SinSin 慷慨地
给了我一个很大的入住折扣，
以我的日常收入也只能在这里勾留暂住数天，
亲近天堂也得有真金白银的付出。

香港九龙，旺角地下铁往中环方向站台。

　　作为一个九龙区最多来客进出的中转站，每日从清晨到深宵的十八九个小时之间，十数万人次在这里先后进出往来并不夸张。作为其中一份子，每当抬头看到站台扶手电梯前悬下的一个亮眼的灯箱告示，上书"直上大堂"四个大字，我都下意识地把它读作"直上天堂"，还自认幽默地暗暗发笑，仿佛这不到五十秒的扶手电梯之旅，确实会把我从紧凑的、沉重的、烦琐的、反复的日常生活刹那间提升到一个轻巧的、闲逸的、未知的、叫人冀盼的异地，那个地方叫天堂——虽然现实里是更拥挤、更喧闹、更多事故的大堂。

　　巴厘岛，克罗柏坎（Kerobokan），库塔（Kuta），吾友辛辛（SinSin）的度假别墅。这是我头一趟到巴厘，之前几天已经在星级旅馆的靠海的和山里的两所度假胜地（resort）中度过了有生以来最私密也最开放的几天（说得清楚一点也只不过是在深宵夜半、在晨光熹微中于私家小泳池中裸泳而已）。人在一个身心都舒坦的天真自然状态中，准备迎接的是什么轻的重的也不打紧。然后就走进这位于乡间小路尽头、一片连绵稻田当中的星级私宅。那早就在看网站照片时已经叫人眼前一亮,由意大利建筑师詹尼·弗兰乔内(Gianni Francione)受委托设计,贴近地平线的倾斜屋顶结构忽然出现在咫尺之间,不由得再深深吸口气惊叹一声:这,这难道就是天堂?

亲近巴厘——斗室之旅的修炼

把巴厘喻作人间最后一片净土,人世上最接近天堂的地方,是众多巴厘旅游指南书刊和游记文章中最惯常也最吊诡的形容。叫人不禁怀疑这一度胜似天堂的乐土,经过了几百年来一波又一波的所谓文明和商业现实洗礼,究竟还残存多少天堂的素质。就如我在赤裸裸地痛快裸泳之际,也不禁为平日惯性的、为自己努力包装堆砌的愚昧而羞愧,

我们在目前追求的一切精准细致，一切突破创新，一切文化的融汇碰击，究竟有多顺从或是违背大自然的本来安排？也许我早就对"人定胜天"的说法和做法不以为然，倒是乐意在这天地人的永续矛盾中不断地为自己的渺小找到还算不至于太难堪的安放，也更接受这眼前的享乐都是过眼烟云——即使有吾友 SinSin 慷慨地给了我一个很大的入住折扣，以我的日常收入也只能在这里勾留暂住数天，亲近天堂也得有真金白银的付出。

入住 SinSin 这三幢别墅（villa）中最紧贴稻田的一幢，一端是两间客房相连的建筑，中间有偌大的草坪和弧形泳池，另一端是起居客厅连接饭厅、厨房和阁楼书房的另一建筑。四周有高耸椰树、棕榈树，有芭蕉和其他花木围绕。矮矮的篱笆外就是村里的稻田，禾苗正在挺拔成长，绿得刺眼。村童在学校下课后，牵着用黑色塑料手工自制的风筝，赤脚走过田垄，嘻哈欢声不绝——我作为一个从天而降的外人，心地善良、相貌普通，大抵不难融入这祖祖辈辈务农直到近几十年才开放对外的热情好客的人文生态环境中吧。

按捺着对别墅以外自然和人文风景的陌生好奇，我首先好好地待在"室内"——哲人帕斯卡尔在《沉思录》中有过这样一句:"人不快乐唯一的原因就是,不知如何静静地待在自己的房间。"所以我们这些紧张兮兮的旅人,如果能够在入住的旅舍的室内待上一段时间,也算是一种斗室之旅的修炼,更何况这里本就是一个露天的开放的自给自足的空间。

我在清晨五点起来,在凉亭的卧床上、在幽微的晨光中开始阅读,在大太阳开始炙痛皮肤之前已经(有穿泳裤的)游了超过三十分钟的早泳,在厨房里拿着笔记本记录厨师和助手们烹调早、午、晚餐的每一种食材与每一个步骤;偷偷跟在一天数回在别墅每一角落捧花酬神的女仆身后,静观其简单而又虔诚庄重的对众多神祇的礼拜仪式;在客厅的温软沙发床上,在不知何处飘来的印度尼西亚传统敲打乐甘美兰(Gamelan)中,昏昏睡去又幽幽醒来,还有趁着午后阳光没有那么毒的当儿,光着身子懒卧在泳池旁的躺椅上好好地为自己苍白的肤色添加一些健康色。自

知这暂借的奢华时光有限，优柔的同时亦亢奋着，在这室外室内一体的空间里，我尝试点滴地、片段地累积疑似身处天堂的感受和经验。

也因为这样懒懒地、慢慢地、虚虚实实地度过一天，又一天，直至第三天，帮助 SinSin 打点管理这别墅的聪明伶俐的女子 Komang，就怂恿我和她一道往半小时车程外的巴厘岛上历史最老的传统菜市场登巴萨市布尼市场（Pasar Borong, Kota Denpasar）一逛，还微微一笑说我一定有收获，对这我倒一点也不怀疑。当我们驱车从乡郊驶入市区再把车停泊好，遥望那楼高三层的褐红色的 20 世纪六七十年代式样的建筑，身边开始出现往市场正门推移的人群，种种吆喝叫卖的声音渐渐入耳。我忽地察觉这是一趟从私密天堂折往人间之旅，而身处当中所激发的无穷喜乐，其实对馋嘴好吃如我辈，未尝不是另一种天堂经验。

结果我是被真真正正地震撼到了。偌大的三层菜市大楼中，先是花档菜市、鱼市肉市的一层，再是粉面米粮干货、香料、油盐酱醋调味的一层，再上就是所有日用杂货、衣物、家用小电器等摊档汇集在最顶层。前所未见的食材触目皆是，蔬果的丰盛繁多、堆叠如山，令人叹为观止，再一次叫我肯定这是进入人家生活文化的一个最直截了当的方法。而这个市场不仅向顾客提供本地最齐全的干湿大小食材，更有一项对我来说极为新鲜的传统服务。

一批壮健勤快的大姐会为顾客着想，负责替大家把在各个摊档买来的食材放进头顶的箩筐中，眼看负重已经超过我们这些常人的能耐，大姐们还是腰板笔直、谈笑风生，所谓举重若轻大抵在这里有了最佳示范。当我们把一整箩筐中买来做午餐和晚餐的食材放进车尾箱中，付给大姐一点小费，她也微笑着向我们挥手道别，

我就更体会到这买卖交往中存在的一种简单淳朴的人格本质,各尽其能、各守其分,平实地快乐着,这正是我们着力保留种种当地原有文化生活传统的目的和意义。

回到别墅里稍事休息,准备好心情进入在厨房边学边问边做的专业状态。厨师 Made 和几个女助手早已把小小的厨房料理台清理得整齐干净。刚买回来的香料如香茅、黄姜、南姜、疯柑叶、辣椒、葱头等,就那么简单一放,都像一幅又一幅静物画。虽然我们打算做的,只是几道简单的巴厘传统家常菜,但从自制参巴(Sambals)调酱开始,洗的洗,切的切,剁的剁,磨的磨,倒真的耗时费劲,程序先后不容有误。而种种地道的食材如 Krupuk Melinjo 干压豆饼,半发酵、含有豆粒的 Tempeh 豆乳饼,香甜润滑的棕榈糖浆,清香四溢的斑兰叶,形状奇丑的疯柑叶,都在众人熟练的烹调手段技法下从原材料演化成各有型格、各自精彩的地道美味。我心痒手痒地不甘站在一旁抄写笔记,冒着坏了一锅粥的险,大胆要求参与其中,即使只是做些切切剁剁的活儿,也算尽了一点点力。就这样说说笑笑,大伙也舞弄了好几个小时。从前菜的炸豆饼、金黄玉米饼,到

加多加多杂菜凉拌,主菜的烤鸡肉沙爹、香茅咖喱鸡、炒野菜,以及甜品的煎香蕉和椰丝姜饼都一一登场亮相,配上三五种精研细磨慢煮而成的调酱,大伙在餐桌前安乐坐下,我已经迫不及待地来回尝试,让味觉引领进入这充满香草香料搭配滋味的刺激活泼想象的巴厘饮食文化传统中。更难得有厨师在旁详解他从小吃到大的种种食材和菜肴的来龙去脉,饮饮食食不只求饱肚,绝对是心灵的一种富足。

一餐、两餐、三餐,午餐、晚餐、早餐,吃呀吃的我们开始有点放肆地要求厨师为我们准备一些更花工夫的、较少为一般客人烹调的菜式。深入了解认识巴厘以至印度尼西亚其他地方菜系的博大复杂,一如印度尼西亚这千岛之国的气候、地理、民俗、宗教总给人难以完全了解触摸的好奇与神秘。单单一个巴厘岛,从沿岸优美的沙滩到陡峭的火山口原始林区,虽说只是两三个小时车程的距离,但当中所跨越不同的自然河川地貌、耕作时序种类、民生风俗习惯,都在微妙的差异中冲击互补。而我作为一位路过的,一念天堂一念人间,两端往返来回,痛快之至,早就不该蠢蠢地反问自己旅行的目的和意义了。

参巴蘸酱三种

a. 酸香口味:

香茅	2根	青柠檬	半个
红葱头	3个	盐	少许
指天椒	1个	食用油	适量
干虾膏	1小块		

- 将香茅、红葱头及指天椒切碎,加盐、虾膏用火稍微烧热至有香味,与材料拌匀,把油加热后,倒进拌好的材料中,再把青柠檬汁加入拌匀

b. 甜口味:

蒜头	1球	原糖	少许
指天椒	1个	盐	少许
红椒	1个	食用油	适量
干虾膏	少许		

- 将所有材料磨幼拌匀,把油加热,倒进磨好的材料中

c. 辣口味:

蒜头	1球	盐	少许
指天椒	5个	橄榄油	适量
干虾膏	少许		
原糖	少许		

- 将所有材料磨幼拌匀,把油加热,倒进磨好的材料中

豆乳饼

- 在当地市场买的Tempe Murni豆乳饼,以新鲜蕉叶包着的半干湿白色豆砖,切成条状,放在热油中炸熟,便是一道可口的餐前小吃

玉米饼

材料:

玉米	4个	指天椒	2个
鸡蛋	1只	面粉	1.5匙
芫荽	1束	盐	少许
蒜头	3瓣		

- 先将蒜头、指天椒、芫荽切细,在石磨里研细,加入玉米粒,打入一只鸡蛋,拌匀后,以干芹菜叶碎及少许盐调味,然后逐渐加入面粉调匀至稠,以小匙放入烧热的油锅里炸

加多加多印度尼西亚杂菜

酱料:一般可在东南亚食品店现买花生砖,以开水调匀用,印度尼西亚人多自家现做

烤花生粒	适量	指天椒	半个
原糖	适量	甜酱油	适量
蒜头	1球		
红辣椒	1个		

- 把所有材料研磨至幼细(甜酱油除外),加半杯水、少许盐,拌匀,锅中烧热少许油,调料加入甜酱油,慢火煮至稠状
- 杂菜包括:马铃薯、蒿菜、菠菜、芽菜、豆腐泡、豆干、水煮鸡蛋。把所有杂菜以热水煮软
- 上碟时加入炸豆饼或虾片,与蘸酱同吃

咖喱鸡

材料:		咖喱汁材料:			
鸡腿	4只	姜黄	2片	蒜头	3球
月桂叶	2片	生姜	2片	黑胡椒粒	1匙
香茅	1枝	高良姜	2片	香菜、香草	1匙
柠檬叶	1片	果仁	5粒	干虾膏	少许
稠椰奶	1杯	红椒	1个	盐	少许
稀椰奶	1杯	指天椒	1个		

- 将所有材料(鸡腿除外)加少许开水以搅拌机打匀。烧热油锅,把调匀的酱料煮热,加入柠檬叶、香茅及月桂叶一起煮约十五分钟
- 把鸡腿放入,加一杯清水,以细火慢慢煮至鸡腿软熟
- 最后加入椰奶,一直以慢火再煮约十五分钟

煎香蕉

- 选口感厚肉的小蕉,撕掉外皮后,以少许油,细火慢煎,不到五分钟便完成
- 上碟时拌以云呢拿冰激凌,绝对好味

橘子汁青柠檬蜜

材料:

鲜橘子(柑)	8个
青柠檬	2个
蜜糖	4匙
薄荷叶	1束

- 榨好果汁后,将薄荷叶切碎,一起放入搅拌器内拌打,然后以蜜糖调味,是简易又清甜的纯味果汁

高速定位——与 SinSin 谈 SinSin

　　从巴厘度假回港,还久久沉醉在那蓝天与白云、海滩与稻田、笑容与美味巧妙配合构建的独特氛围当中。先别贪婪地、功能十足地说充电,就把这当作一回洗涤、一次排毒,消除积压已久的疲乏劳累,回归一个空空如也的状态,也是一件绝佳好事。

　　一心要亲自上门到 SinSin 的画廊和店里去感谢女主人,感激她花了这大量精神、时间和心血,"养育"出一个比家还要舒服的地方。也早知 SinSin 大姐说起话来如连珠炮发,兴之所至还手舞足蹈,所以鲜有地自携小小一个录音机,以防听得有所遗漏。但我这小聪明小动作就偏偏不能得逞,开头二十分钟的对谈录音鬼使神差地被不知从何而来的一种机械杂音给盖住了。而这段话里谈到的,是 SinSin 如何在十年前决定要为自己在巴厘岛打造一处度假僻静的私宅,结果却是一发不可收拾,在往后的三五年间,由一栋别墅发展成为三栋,由招待自己的至爱亲朋发展到有选择性地低调宣传,让有缘入住的朋友分享。而这无心插柳的动作,一如大姐多年来从首饰设计、服装设计到开设概念专门店到经营画廊到筹划参与社会公益活动,坐言起行,爽快利落,一路走来一直赢得大家的尊重赞赏。

也许就是这高速的转数，SinSin把那过去十年在筹建巴厘别墅中遇到的种种喜乐与挫折，浓缩成为最宝贵的人生经验。当别墅从落成初期宴会派对经常通宵达旦、高朋满座，慢慢转化为更简朴安静、更私密的个人静修活动，当这来自田野和大海的自然能量已经缓缓充盈身心，成为存在意志的重要组成，大姐有预感亦准备随时展开生命的又一章。

"随风而来，随风而去。"SinSin用这八个字形容自己的过去、现在和未来，她需要在人群中、在大环境里去激发去验证自己澎湃的创意。儿时在都市边陲、乡居周围的手工作坊里好奇灵敏地积累种种对染布和藤织的颜色和质材的基础知识，踏足社会后，20世纪80年代初是第一批专业人士与香港经济结构中心同步北移。大江南北到处闯荡，虽然一觉醒来甚至不知自己身处何方，但那种兴奋的感觉很刺激，那种与内地合作伙伴胼手胝足、互相帮忙的关系很好。从服务众多国际客户慢慢转向发展自家品牌，每十年正好就是一个段落。

犹记得香港中环安兰街的一幢保留了以往岭南混融英国殖民时期旧建筑风格和韵味的唐楼，是SinSin生活概念店的首个落脚地。三层楼幽雅小巧，是新旧时空更替的最佳场景。大姐将亲自访寻来的各种织染原材料，设计剪裁成舒服自然的原创服饰；各种玉石、金属、木材、植物，锻炼打造出叫人眼前一亮的饰物。每逢有新品发布，那三层楼面都挤满了捧场好友，站到街上喝着红酒的我和身边一众，深深感受这是香港这重商逐利之地极少数、极难得的有独立创意的坚持固守。

风光背后，现实营运中种种艰难已够折磨人。好几次趋于放弃，SinSin想到上天一直眷顾，慷慨给予种种

机会，积累下来种种经验，正是时候要拿出来跟更多人分享。所以大姐二话不说，欣然面对一个又一个未知的可能：逐步完善巴厘岛度假别墅的管理运作；开设画廊，引进细心挑选的创意十足的印度尼西亚艺术家的绘画和雕塑作品；把概念店和画廊迁到更贴近庶民生活的上环旧市区；积极开拓与公益活动合作的机会——凡此种种，越做越起劲，方向和目的越趋明确，把"luxury"这个高端的奢华光环解体，更踏实、更细腻地靠近有素质生活修养本身。行走运转中，SinSin 他方此地事事上心，当家人和同事担心大姐过于消耗、过于劳累，她却安慰大家不用担心，笑言有朝一日什么都没有，走到街上也可以生存（survive）。她深知人只活一次，就得好好享受这痛快的过程，不必拘泥什么标签什么设计师的身份，乐于做一个创作人（producer）。

众所周知，大姐自小是个粤曲发烧友，以她爽朗率直的个性、低沉的声线，演唱的当然是平喉。如何理解传统戏曲遣词造句的风流文采，如何掌握曲词内容意境中的喜怒哀乐的情感表达，而且不靠化妆造型戏服，却是一字一句的唱念，对她来说有如一个专注的冥想的过程。更巧合的是，有位关注小区历史文献的朋友有天告诉 SinSin，现在她的画廊和概念店所在之处，大半个世纪以前竟是一个粤曲社的原址，这可真是命运把她引领到这里，这里肯定是她的舞台，正等着她好好地再唱一次，又一次。

京生活料理

迷上京都有一千几百个理由,如果我告诉你我只是满足于在清晨或是黄昏在鸭川河道旁独自散步,在众多庙宇和神社中错愕游荡,在人家的町屋旧宅门外胆怯张望,在传统旅馆的榻榻米上躺卧看着纸门纸窗上奇妙的光影,以至在近郊宇治岚山嵯峨野的林间深深呼吸,我其实都是隐瞒了最不能逃过法眼的事实:京都最迷最惑我的,是京都之吃。

从那动辄上万日元才得轻尝的精巧高妙的宴席京料理,那把麸(生筋)、腐皮(汤叶)以及豆腐、豆浆、豆渣、豆干处理发挥得淋漓尽致的汤豆腐宴,那以京都近郊特产京野菜如贺茂茄子、万愿寺辣椒、圣护院大根以及南瓜、豆角、番薯、黑豆、大葱烹调成的京野菜料理,及至那街巷老铺卖的形形色色有如微型雕塑的和果子,那腌渍和熬煮得不辨前生的渍物和煮物,那些甜品老店如键善良房的黑糖葛切,以及那各有性格主题的茶室、咖啡室、西洋糕饼店、面包店,中华料理、意大利料理、法兰西料理专门店……

在这个饮食时空中漫游体验古今,在最传统典雅的町屋里品尝最前卫的分子料理,唯是京都有这样的氛围格局才更彰显味觉小宇宙的爆发力、震撼力和影响力,也是这日常的饮食动作让这古都又与世界接轨,努力呵护尊重传统的同时,一波又一波地调节更新她的饮食习惯。一游再游京都,有缘遇上的京料理教室老师,乡郊荞麦面馆达人,有机京野菜农地主人,创新庶民版京料理新秀,都一再显示这是个人杰地灵的地方,有一股历久长青的对料理生活的认知和传承。

元气教室——松永佳子,私家传承京料理

看着松永佳子老师在她窄长的由家族町屋改建成的料理教室的几个房间里来回跑动,一时搬出一大缸用米糠正在腌渍的小黄瓜,一时搬出一叠过去皇族赐予其贵族夫家的珍贵瓷器餐具,一时又捧出厚厚几本她正在编辑处理的自家京料理食谱图文原稿,一时又招手让我过去舔试那刚刚用搅拌机打好的豆腐麻酱汁。我直觉这位六十二岁的婶婶像个活泼好动的、对世界依然充满好奇的小女孩,又或者,她根本就像她的精灵机敏的七岁小男孙。

松永老师是京都人,但又不是一般的京都人。据说京都人可以看来很诚恳有礼地邀请你到家里坐坐,但其实是很不愿意朋友真正进入他们的私人生活空间。所以当我第一次要求到老师的料理教室接连家居的室内去探访时,我是预计应该被拒绝的。怎知电话那端的她嘻嘻哈哈地欢迎我们拜访,还主动地建议出好几道家庭式京料理示范菜式,叫我喜出望外。

松永老师自幼嘴馋爱吃,十五岁就开始在父母经营的馒头店帮忙。二十二岁时与身为贵族名门后代的丈夫结婚，婚后一如传统日本妇女，是一个典型的贤妻良母。直到两个女儿长大，她于三十六岁时才决心重拾对烹饪料理的兴趣，正式进入料理学校学习传统京料理。毕业后也隔了好几年才在家里开设小型教室授徒。同时，老师也利用课余时间往神户进修法国料理和意大利料理。在这长达二十多年的料理教学生涯中，累积了丰富的厨房内外的实践经验。正因为对传统食材及烹调方法的源起和变化有细致认识，深刻了解，才能面对来自学员们的意想不到的提问。

这些年来，从松永老师的小班教学的料理教室毕业的学员已有近千人，当中大多是四十岁至五十岁的女性，在儿女开始长大，家务开始轻松之后，希望多学一门手艺，以传统饮食味道维

系家人间的感情关系。也有婚前被父母指定要来学一点厨艺的年轻准太太,好歹算是一种"嫁妆"。而在松永老师的影响下,大女儿的四年大学课程,修读的也是厨艺和食品营养,之后也曾利用母亲的厨房开班授徒,但两代人的教学风格颇有分别,松永老师笑着说女儿的教法太粗率,女儿也当然投诉母亲太啰苏——毕竟京料理从材料选择到烹调步骤到摆盘方位到进食规矩,都有严格过人的规矩,要不啰苏也不太容易。

与松永老师逛市场其实俨如出巡,只见她与一众熟稔的各式食材摊档主俨如一家人,有说有笑,也保证食材安全、新鲜、可靠。路经大型超市,老师也把我拉到一边,十分有原则地指出她并不喜欢这些连锁大户把独立小商贩一家一家地逼走,她倒是十分坚定地以身作则并鼓励学生们,无论如何也得先支持这些贩卖传统食材的老店、小店。

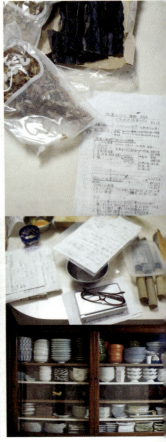

　　回到厨房，老师就更是全场总指挥。当天她特别请上她的高徒以及大女儿来做副厨，还有我这个一心拜师学艺但其实有点碍事的家伙。一桌摆满了丰富食材，已经预先洗净抹干的精致食器，还有一沓亲手写的每个菜式的烹调程序。老师的嗓音有点沙哑但依然响亮，长达三个小时间歇不断起落，发号施令让一切准确无误先后登场，我们面前出现的包括豆腐皮（汤叶）和豆腐做的前菜小卷，豆腐麻酱汁分别凉拌的麸、芋头茎和小黄瓜，贺茂茄子田乐烧，大虾杂菜天妇罗，轻渍的小茄子和小黄瓜，烤牛肉薄切，鳗鱼照烧，汁煮南瓜，黑味噌汤。这于我而言殊不简单的一桌好菜，只是老师的家常手艺，所以她全程也是不慌不忙且谈笑风生，提醒大家这毕竟是在家里，不必像经营食肆一样紧张兮兮，更能体会非宴会的京料理的闲逸一面。

在一连串感激声中，我们一边赞叹一边仔细品尝。虽说有别于宴会式京料理的雕琢讲究，但是摆起盘来也很有一种气派格局。松永老师终于不再走进走出，在我身旁的主人家位置坐下来，本来这个位置是留给一家之主也就是她丈夫的，但众人坚持说今天她是主角，她该上座，她才笑着答应。

能够在一个真正的京都人家里吃到最地道的家常京料理，我是感激得无话可说，而一顿饭可以打破国族、语言、年龄的差异和隔阂，也是不必置疑的。同台吃饭，果然无所不谈，当我问到传统的京料理除了在食肆料亭中得以勉强维持保留其固有形式格局，在一般人家里的"命运"又是如何？本来一脸笑容的松永老师不禁严肃起来，这也恰恰是她最忧心的问题。加上近年日本经济不景气，一般小家庭两口子都必须在外同时打工，无暇在家做菜弄饭，对传统食物的认识了解越见贫乏。而本来答应了老师要替她出版食谱的出版社，也因为经济原因把出版无限延期，自费出版又是一件极其昂贵的事，有心传播传统料理精髓也不是件一帆风顺的事。

一桌人在这些难题困境面前似乎心情也有点凝重，我这个"急惊风"当然仓促献计，看看利用电子媒体和跟国外媒体合作是否可以打破困局。也许我说得也有点过分严肃，松永老师一边点头一边装出一个十分卡通的感激掉泪然后拍手欢笑的样子，叫一室气氛再度活泼热闹过来。这个时候我再认真仔细地望着老师，年长了的樱桃小丸子大抵就是这个样子。

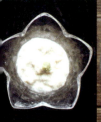    

豆腐冷菜两味

腐皮、腐竹，在日本的豆制品店里便能买到现成的，营养丰富，口感幼滑，十分清纯

材料：	
豆腐	1块
小黄瓜	2条
面麸	1球
麻酱、淡豉油、酒、糖、柠檬汁	适量

- 先将豆腐以两块布垫着，用重物把水稍压干，放在搅拌机内拌两至三秒。加入三匙麻酱、一匙淡味豉油、少许酒和糖、几滴柠檬汁，拌匀后成为口感嫩滑微带甜味的拌酱
- 小黄瓜切薄片。面麸切开两半，以滚水稍烫一下，将油腻减除，然后手撕成小块。在大碗中把黄瓜片、面麸块及豆腐蘸酱拌匀，便是美味的凉拌

贺茂茄子田乐烧

材料：	
圆球状贺茂茄子	5个
白面豉味噌	300克
鸡蛋黄	1个

调味料：	
砂糖	30克
水	40毫升
酒	40毫升

- 先将白面豉味噌跟蛋黄拌匀后，跟拌好的调味料混拌好，在细火中慢煮，并一直轻轻搅拌，大概煮半小时，然后备用
- 茄子切去圆顶，表皮可削掉部分，以筷子在茄子肉上插洞，使之容易煮软
- 在平底锅里以中火煎熟茄子，大概需时二十分钟
- 上碟前把煮好的面豉酱涂在茄子表面，用小刀在上面划四方格纹，再以火枪烧焦一下，看一眼也有滋味

芋头茎芝麻豆腐凉拌

材料：	
芋头茎、	豆腐、
芝麻酱、	现磨芝麻、
白醋、	糖、
淡豉油	

- 先将芋头茎在开水中煮软，撕掉表皮，只保留内层白白软软的茎芯，撕成小块，拭干水分，备用
- 淡豉油与麻酱拌匀，加入手磨芝麻、糖和醋，拌成甜甜的浓香芝麻酱。把豆腐拭干水分，加入拌酱拌匀，与芋头茎的柔软幼滑是绝配

茄子或黄瓜渍物

- 米糠放在陶罐中，加一些海盐、水，拌匀后，便是用来腌渍物的原料，就是平日没有蔬菜放进去，也得每天拿出来拌一拌，保持它的状态
- 把茄子或黄瓜整条放进去，每天拌两次，放一天就够味了

烤牛肉

- 新鲜牛肉在平底锅里以大火两面稍煎一下，把肉汁封住，然后放在烤箱内慢火烤大约半小时，保持肉质外焦内软，上碟前切片就是美味

煮南瓜

- 南瓜洗净切开，去瓤，削掉部分表皮，切成三角形，锅中的热水加进砂糖，以中火煮，大约煮四十五分钟，成为一道最简单的美味

天妇罗

- 虾、番薯、尖辣椒（两种）：把虾去壳去肠，在背部轻切一刀再拉直，以防变蜷曲；番薯和辣椒切块状
- 把切好的材料放入冰柜里冷藏一下
- 炸粉以幼麦粉和生粉一比一混合，炸粉浆是用水和粉以一比一调匀，放入冰柜内让之冷藏
- 油要达到180℃的温度来炸，先把炸物蘸上生粉，再蘸上炸浆，放入油中慢慢炸透，再以筷子蘸些粉浆沾在炸物上直至炸透

昆布豆腐味噌汤

材料：	
干昆布	2大片
鲣鱼片	200克
豆腐	1块

- 先把昆布放在清水中浸软，煮沸时滤走白沫，关火后把鲣鱼片放入汤中浸泡，让味道融入汤中，然后以滤布把汤过滤，成为高汤
- 用餐前，将高汤煮热（但不能煮沸），红味噌酱拌进高汤中让之溶化，把切成丁方的豆腐、少许鱼干、芫荽放进碗中，倒入热汤，趁热把碗盖盖好便成

逐梦达人——奥出一顺,乡居生活全实践

走在那微雨过后的绿得更通透厉害的山谷里清溪旁,我禁不住很有感触地跟走在我身边的奥出先生说:你做了一个十分十分正确的决定,你的儿子将来一定会衷心地感激你,以有像你这样的一个父亲为荣。

其实我更想直接地告诉他,希望他一定一定要坚持下去,因为这位四十二岁的好父亲、好丈夫奥出一顺,在距离京都一个多小时车程的叫作久多的一处深山老村里,实现了我们这些光说不做的都市人连做梦也没有梦过的一个大计。

奥出先生在六年前做了一个决定,认为都市的环境对小孩的成长并没有好处,也在朋友的介绍下发现了这个与外界有点隔绝的地方,买了一幢有二百五十年历史的老房子,花了两年的时间改建好屋顶,开拓了周围的野地成为有机农地、花圃和养蜂场,亦用了一年时间拜师学做手打荞麦面,终于在四年前于山谷中的家里开设了一家荞麦私房面馆,向订位预约的客人提供荞麦怀石料理。四季的菜式当然因应旬物的供应有所变化,而遇上好奇也好学的客人,奥出先生也会即场亲自示范手打荞麦面,甚至让客人一展身手。

这样的一个追逐梦想、回归自然的真实故事，尤其是回到一个春有遍地野花，夏有蝉鸣贯耳，秋有漫天枫红，冬有茫茫白雪的原乡，着实对我们这些纠缠挣扎于都市人事纷扰之中的家伙来说是最大的刺激和挑战。

我甚至没有信心跟奥出先生说，你能做到我也能做到。但对于奥出先生来说，他自年轻时代起就跳脱出既定的框架不断逐梦，早已是个中老手。出身"抹茶之乡"宇治的他，自言学生时代是个捣蛋分子，二十五岁的时候决定要外出一闯，到了美国洛杉矶加入了一家日本的鱼类进出口公司，上班三个月就回日本，连未婚妻也接过去一起生活工作了一年。洛杉矶之后又到了伦敦工作了三年多，其间大儿子在彼邦出生，出国几年后眼界开阔、

英语熟练,又决定举家继续上路,这回的选择是回到故乡京都宇治。

回家后的奥出先生选择当一个在鱼市场卖鱼的师傅。这个长相俊朗的鱼贩叫出入街市的坊众都有点惊讶好奇,而他的鱼类知识又的确比一般行家要丰富,料理教室的松永佳子老师也就是在鱼市场里认识了比她年轻许多的奥出先生。当松永老师得知奥出先生要举家迁往深山,她也不得不佩服他的勇气和决心。

有机菜地里的贺茂茄子和京山科茄子,万愿寺辣椒和伏见辣椒,各种青味辛味大根,以及各种瓜菜豆和根茎类植物,花圃里的不只观赏还可做菜的花与叶,以及蜜蜂嗡嗡成群的蜂房,山谷另一端的两块稻田,都是奥出先生一家四口早晚关心照顾的"家当"。两个儿子在久多地区的乡村学校上课,奥出先生有两年光景还得充当学校巴士的司机,接送村里的孩子上课也同时赚点外快。作为一个尽责任的父亲与丈夫,其实他一直要负担起整个家庭的开支,所以他也必须千方百计去增加收入,儿子分别是十四岁和十一岁,再过几年就要面对升大学的负担。近年日本经济不好,消费力下滑,能够驱使人跑到深山老林来吃个荞麦面的闲情减退,大大影响收入,所以奥出先生也得准备主动主事,到京都去示范和教授做荞麦面的绝活。

那天早上于京都市内出町柳车站跟奥出先生碰面,一身荞麦"职人"打扮的他从第一秒钟开始就很专业,变身司机的他平日就是从这里接载远方客人到久多地区山里的家中。一路有说有笑,进山时还在峡谷旁停下来让我们看看壮丽山景,引诱我们想象入秋后漫山红叶的绚丽。到达他那疑似桃花源的乡居,一行众人忍不住声声惊叹赞美。在那改建好的古老农舍里,奥出先生换过装束,准备好购自京都老店"有次"的工具,开始亲自手打荞麦面,大家更是屏息静气。从选粉筛粉到斟水揉面,奥出先生的专注叫每个步骤都几乎变成仪式。接着层层叠叠地压面、擀面、折叠、裁切,都是细致精准得无懈可击。有人说专心工作中的男人最性感,但这样的形容于此时此刻未免低俗——先生眉梢额角轻微冒汗,竟都庄严神圣。

　　面前的一道又一道荞麦怀石料理，即使我变身挑剔顾客，也不得不说物超所值。前菜是软韧的麸配白味噌撒上烘香的芝麻，轻渍的野菜叶茎微酸醒胃。接着是艾草、茶叶和三叶草做伴的鳢鱼天妇罗，是京都的夏日旬物，中途端上的炸荞麦面像极瘦身版脆麻花，然后主角出场，是软硬度拿捏正好的荞麦面，吁吁连声吃掉一整盘，满足得来不及鼓掌。最后奥出太太端出一壶刚才下荞麦面的面汤，指导我们以刚才吃面的酱油调和好，把荞麦的最佳营养都暖乎乎地喝下。

　　饭后推开木门，坐在屋外的回廊处乘凉，远眺面前古老而安静的村庄，不知怎地，蝉声渐渐退去，山雨欲来未来。我知道，奥出先生也更清楚，童话一般的乡居生活，其实更需要加倍的刻苦和坚韧。

地址：京都市左京区久多中の町111番地
网址：www.sobauchi-okude.com

有机自疗——盐见昌史,京野菜栽培生活

"六十只有老有幼的野猴子分成四组,光天化日,从山里连跑带跳走到我的田里,抢走了七百个已经成熟、正待收割的红皮番薯。"

当我询问起这位三十六岁的染着一头金发的年轻农夫盐见昌史,在过去九年的有机种植生涯中最难忘又最倒霉的经历,他脸带苦笑,无奈地给我描述了几天前刚发生的这一场抢掠事件。而对于我们这些城里人,目瞪口呆地听来以为这只是卡通片中才会出现的情节。

但盐见先生坦然地接受这个事实,甚至觉得这田野、这土地本该是这些猴子也有份的,只不过人类"强势"地进占,把猴子都逼到山里去了。就如今年的夏天气候反常地转凉,威胁到猴子采摘天然粮食,别无他法只能出此下策,而这样的"活动"在同区里也发生不止一次——能够得到嘴刁的猴子的青睐,也证明了这些番薯是一流名物。

本来是三菱集团工程师的盐见先生在九年前的一波经济逆转中被解雇后，就决定要让自己的生活来一个一百八十度的改变。身为京都宇治市人，盐见先生自小过的是小城生活，从来没有想到有天会成为一个农夫。自己在职场中工作压力十分大，所在部门虽然表面有编更值班，但常常要在岗位上三天三夜不能回家。与其任职同一家公司的妻子也因此常常吵架，关系一度十分恶劣。每每想起还是心有余悸。而他很清楚自己性格其实不太适合长期刻板的团队合作，最怕纠缠于麻烦僵化的人际关系，所以也乐得换一个要面对大自然、面对天气变化的生活和工作环境。

回想九年前刚开始用每年一万日元的便宜价格，在京都近郊

大原这个好山好水的地方，向当地农家租了长长的一小方土地，面积小于两个标准篮球场，但也够盐见先生忙得不可开交。他用了一年时间向当地农民学习基本农耕知识，也花了两年多时间让泥土慢慢变得适合种植有机农作物。他的有机种植知识一方面是自学，一方面也请教一位旅日多年的英国贵族后人维尼夏·斯坦利-史密斯（Venetia Stanley-Smith）老师。这位集英语学校校长、园艺家、草药师和有机生活倡导实践者于一身的"外地人"，表现出对这片土地的细致关心和深沉热爱，实在感动并影响了盐见先生和他身边一群从都市逃脱、初归田园的年轻人。

每天早上九点准时就来到田里，一直工作到午饭时间，饭后再工作至下午三四点，完全由自己一个人负担起全部工作。全年只有二月份可以放两个星期假，其余的日子就几乎全天候。盐见先生的田里一年四季种植不同作物，从春天的人参（红萝卜）到夏天的贺茂茄子、万愿寺辣椒、伏见辣椒、紫苏、番薯、南瓜，到秋冬天的青首大根（白萝卜）、水菜，都需要劳心劳力好好照顾，加上近年天气变化异常，从事农耕的就更得每天每周每月地查阅天气预告，以求灵活地决定播种和移植的最好日子。这一方小小农地生产出来的有机作物，除了直送到市内某些有联络合作的餐厅和食品制作工场，也会放于邻近的有机农作物市场中寄售，亦会将当季的茄子和紫苏交予本乡的腌渍老店，以兼职的身份参与制作这些以乳酸发酵腌制的色泽紫红如醇酒的生紫苏茄子渍，盐见先生亦打算开办一些针对家庭主妇的有机种植课，让这个贴近自然的绿色生活方式可以广为传播。

打从成为一个全职农夫的这九年来，盐见先生不无感慨地说，虽然日晒雨淋辛苦劳累，但这样面对自然、顺从自然的工作和生活实在适合他，规律的作息时间也让他与家人的相处关系更加融洽。纵使经营这小小一方地并没有使他能够有很稳定的经济收入，连多请一个工人帮忙的余钱也没有，但还是义无反顾地决定坚持下去，也以此自疗成功的经验来鼓励新一代：不一定要固守于朝九晚五的职场生活，应该更忠于自己的真性情，让自己的生活有更多选择——毕竟能够与嘴馋的猴子正面交锋的机会不是人人可有。

惜旧立新——枝鲁枝鲁,年轻逸脱京料理

　　忘了是在什么杂志上看到"枝鲁枝鲁"这个奇怪的料理店名,在把它忘记之前,在某个冬日的傍晚走过邻近高濑川窄长河道的木屋町通,在一排普通的民居当中忽然有一灯火通明处,窄小店门口一盏小小的不起眼的宣传灯饰上写着"枝鲁枝鲁"几个刻意磨花的手工宋体美术字。那时那刻只听到店内传来的店家与食客间的欢声笑语,甚至还未闻到厨房里传出的香气,凭直觉感应这是一家一定要试试的店。推门内进,眼前的景象足够震撼,小小的不到四十平方米的一层店堂,正中就是开放式的厨房,客人沿着厨房围坐,就是那么十来个座位。厨师和三两助手就在那几乎不能转身的厨房内为客人即场烹调当晚食物,且一边与客人谈笑风生。而最特别的是,厨师和助手都十分年轻,虽然穿着雪白的制服甚至内里穿衬衫打领带,但看他们的肤色、发型以及神态举止,完全是会在街头踩滑板、涂鸦、玩说唱嘻哈(hip hop)的潮人型人一族。究竟他们为客人们准备的会是什么风格的料理?这是我极好奇也极想马上一尝的。

　　一位活泼的女服务员迎上来,礼貌地问我有没有预约订位,我心知不妙，摇头之际她也一脸歉意地说今晚已经全部客满。我心有不甘地问是否可以晚点再来，她说十分十分对不起，今晚第一转、第二转甚至第三转的位置都全数订满，希望我改天再来。因为这是我们那回留在京都的最后一个晚上，我有点失落地再赶紧一瞥那小小温暖室内觥筹交错、宾主尽欢的喜乐景象，我跟自己说，我一定会再来。

果然我就回来了，而且是在一个夏末的依然炎热的午后，更是坐在料理店的二楼（上回还真的未察觉小店还有窄长楼梯通往二楼）。坐在我面前的是Femio，叫他作Femio先生恐怕把他称呼得太礼貌拘谨也显得太老，再熟络一点也许可称他Femio君。31岁的Femio眉清目秀，一头短发且染出图腾原始纹样，看来比实际年龄年轻得多，也可以想象八年前他跟"枝鲁枝鲁"的创办人枝国荣一相识时，为什么会被建议取了"Femio"这一个其时流行的中性名字。只是他在解释这段往事的时候也笑说自己老了，美少年不再——我留意到他双手与手臂都有不少进出厨房留下的炙痕和刀疤。

"枝鲁枝鲁"果然是个有趣的故事,36岁的创办人枝国荣一在论资排辈的京料理行头里也的确是年轻人。他1992年自高校毕业就投身饮食行业,短短数年几度转职,成为一所京料理店的主厨(料理长),千禧年间决定独立创业,开设"破立割烹——枝鲁枝鲁"。

"枝",当然就取自创办人枝国荣一;"鲁",就是被枝国荣一视为超级偶像的日本美食家、书法家、画家、陶艺家北大路鲁山人。"枝鲁枝鲁"这个活泼有趣的声音组合,大抵也是枝国荣一有心像前辈鲁山人当年在东京自设高级料理"星冈茶寮"自任主厨,潜心钻研食器与食物间的紧密微妙关系。而从京都出发,枝国荣一也有在东京和名古屋担任过多家创新食肆的顾问,两年前更在巴黎开设了海外第一家"枝鲁枝鲁",明年也将于夏威夷开设另一家。枝国荣一现在长期驻守巴黎,能够成功地遥距掌控一切,也得建基于长期与他手下门徒的情同手足的关系以及共同对京料理传承与创新的理解领悟。

已经在枝国荣一门下工作了八年的Femio，来自日本"稻米之乡"新潟。高中毕业后打算做一个发型师的他，由于没有考上他一心要进去的位于东京的一所发型屋，就在一家料理店先做兼职，打算下回再考。怎知就在该处遇上了枝国荣一，对这位前辈正在实践的饮食理念十分认同。枝国荣一反复地跟大家分析，京料理发展到如今如此一个高度，春夏秋冬四时都有十分严格的规矩顺序，料理手工复杂精致、摆盘造型唯美讲究，无疑叫初见者击节赞赏。但看多了吃多了未免觉得其形式过于拘谨束缚。而且浅尝传统京料理，动辄一两万日元，不是一般百姓与年轻人可以跨越的门槛，长久以来也只成为特殊阶层的一种身份地位的象征。所以枝国荣一经营的"枝鲁枝鲁"，从开始营业的当天就坚持以一个可算惊人的低价格（目前每晚不含酒水的套餐价格是3680日元），客人可以享用到的一样是当季最好最新鲜的食材，加上店家自己研发的各色调味酱油的配搭组合，还有那异常讲究的陶瓷玻璃食器，叫进来的客人都充分感受店内洋溢的一种年轻自由的、既珍惜传统又肆意创新的气氛。而这一切不是光说不做的，这里的厨房本就采取开放式，而且砧板的位置并没有像传统料理店低陷一级或者有所遮隔，倒是与食客的用餐高度平衡，让

大家一目了然地看到整个烹调制作过程,一切公开透明,十分有民主意识。Femio 也坦白地解释,即使店内用不上最最高级昂贵的食材,也要给大家一个新鲜感,所以店里没有餐单,客人进来就得信任厨师,而这里的菜式也坚持每月完全撤换一次,这个月和下个月来店吃的完全不同。也就是这种种突破,叫"枝鲁枝鲁"自开业始就受到年轻且有要求的族群大力支持,口碑极好,晚晚客满,也叫枝国荣一与他门下的一众平均年龄二十六七岁的年轻伙伴们受到激励鼓舞,更对自家坚持的饮食信念和生活态度有更大的信心。

经过多年努力,已经晋升为副料理长的 Femio,说起他远在巴黎的老板跟老师枝国荣一,一脸崇敬感激,笑说这个师傅也真的是怪怪的,每周规定员工要有两日休息(一般料理店只得一日公休,甚至没有),第一日是身体的真正休息,休息好才能有足够力气上班,第二日是要去学习在店里学不到的,比如去别家店吃人家做的东西,看人家的碗碟摆设,去学茶道、学插花,去看博物馆、美术馆的展览,去学英文、法文……所以员工们也有空闲有时间发展自己的个人兴趣修养。当然如 Femio 般专注投入,看书、听音乐、

钓鱼以及发型研究都已成次要的普通兴趣,最大的乐趣已经是料理本身。Femio 也强调师傅是个行动迅速的人,身体力行地不断提醒大家要珍惜每分每秒,这一刹那做这回事之际就要思考下一刹那该做什么,别人用一年时间才做妥的,得看看是否有可能半年就搞定,平日做好累积准备,就能很快地随机应变做决定,也就能快手快脚多做几件事。所以"枝鲁枝鲁"的上下一众都在店里的各个岗位上游走,经历和体验到传统京料理店严格的师徒分工制下无法想象的跨度和速度。当被问到是否后悔放弃成为发型师而投身料理行业,Femio 坚定地说从未后悔,但也坦言饮食行业的确十分十分辛苦,有好几次想过放弃。因为对自己已经十分严格,即使拼命努力做好,但也未必就马上得到师傅的赞赏,未免一时沮丧。有时会想到饮食行业绝不是一门普通行业,让客人吃喝什么,关乎生死,如果没有让客人在饱餐之后得到满足快乐,也就是厨师的失职,恐怕自己担当不起——Femio 一字一句是那么认真确定,忽然叫周围的轻松气氛严肃起来。但也就是这样的不断来回挣扎、不断自我反思,叫他更不轻易开口说放弃,更要向做到第一进发。他给自己的要求是,要让每一个客人离开店堂的时候,脸带满足笑容,而我敢肯定地说,对此我绝不怀疑。

　　一行六人，在离开京都前的最后一个晚上，终于可以坐进"枝鲁枝鲁"的明亮热闹的店堂里，一偿夙愿。Femio给我们留了一个很好的位置，共处聚光舞台一同互动演出。由于料理长休假，作为副料理长的他就是今夜店里的总指挥，他和他的小朋友团队穿上干净衬衫、打好领带再加穿雪白料理服，笑容可掬地招待着先后进来的客人的同时也有条不紊地准备着上下两层33个客人的先后饮食。我们先点了一瓶法国白葡萄酒，为这趟京都味觉访寻的完美开展来一个小祝贺，也满怀冀盼地让"枝鲁枝鲁"的创新京料理在我们面前一道一道铺排展开。先来的前菜，有长相和口味同样精致的豆腐、玉米、菠菜沙拉小碟，茄子酱和柠檬叶片配汁煮马铃薯粒，寿司拼盘的软糯米饭上分别有嫩滑猪肉、肥美拖罗和香煎鳢鱼，杧果虾球寿司配上小脆鱼和炸过的鳢鱼骨也鲜甜惹味。再来的龙虾味噌汤中那小小一块蛋饼中混有虾肉和蟹肉，汤中沉浮的香菇、木耳蓉和葱白以至紫葱花都提升了味觉和口感。一路吃来，既在京料理的体贴受宠中，也不时发现"出轨"的惊喜意图。

　　第一度轻量级主食是配上白切猪肉和白洋葱的冷乌冬面，以芝麻、牛蒡和酱醋做的调酱十分惹味。再来的松茸鳢鱼汤有一颗梅子在内，入口清甜又再尝到梅子的微酸和芫荽的香。接着的几块脆炸玉米饼毫不吝啬地有一份鲜嫩的海胆在上，点缀以细葱放在深紫小碟中，颜色好得真舍不得就此一口吃掉。作为完美收篇的鹅肝寿司与特制的梨酱可说是绝配。真正的完美句号是放在传统彩绘瓷碟中的蟹酱海绵蛋糕、抹茶慕斯和山楂麦芽糖。

就因为有了与Femio先生的一席对话（Femio君已经长大成Femio先生了！），我更能懂得、更能欣赏这"枝鲁枝鲁"同人坚持的只售3680日元的晚餐的真正意义。破旧容易，但要在破之前先懂得欣赏旧、珍惜旧，才能在突破的时候真正地立新。京都这方水土孕育出这方优秀的人，我们这些路过的实在无话可说。我在笔记本上写下了"大满足"三个字，递给忙完一个段落正在喝一口冰水的Femio先生。他看了一脸惊喜，笑着鞠躬感谢再三。我也清楚知道，面前这美好一刹那将会被永远记住，以人间美味为媒，又超越世俗口味，对开放社会里提供多元选择的坚持，对悠久历史传统的创意承传发挥，对饮食交往同行一众喜乐愉悦的共享，我们冀盼着，实践着，守卫着，一脸微笑，一切尽在不言中。

地址：京都市下京区西木屋町通り松屋下ル难波町420-7
网址：www.guiloguilo.com

性感延伸

一个服装设计师在他的专业领域里精益求精、
尽善尽美是理所当然的，
但当我知道 Manix 同时有板有眼地
煮得一手法国好菜，
我的兴头就来了，更难得的是从他家阳台外望，

巴黎永恒的铁塔就在眼前，
每夜亮灯还真的算是个耀眼的仪式。
我马上就期待并计划着能够尝到这一餐，
好客的他当然一口答应，
这即使不是性，也是性急的表现吧。

祝你有个愉快周末——怎样的周末才算愉快？

"如果找不到一个人上床就不算一个愉快的周末"，Manix 笑着引用他身边的法国男子们的说法。显然这个在巴黎待了好一些日子的好家伙，十分认同并实践着这个性感而日常的看法。

"如果吃不到一顿好的"，我接着说，"就更不算一个愉快的周末。"

不要以为付了钱就一定可以吃得好，走进不对的餐厅，碰上不在状态的厨师、不合格的侍应，连盘子杯子的质地，餐桌布的颜色，空气中的流散的音乐都不对劲。又或者买来的食材不新鲜，回家处理烹调时漏掉了一些重要的步骤，红酒没有醒好，精致甜品在提取回家的路上碰坏了，诸如此类，比跟一个人上床、痛快地来几回难度可能更大——Manix 听了，哧哧地笑。

跟 Manix 认识不算久，长住巴黎的他离开香港转眼十六年，去年他被香港设计营商周邀请回来做创意交流的主讲嘉宾，他的演讲专场刚巧我不在香港，但倒是在接着的一个友人的饭局里第一次碰面。

Manix那天穿得有点正式,很多层次、很多细节、很多物料巧妙地混搭在一起,胸前还佩戴有一套很特别的饰物——"你是经常都穿得这么厉害吗?"后来我有机会问他。"要穿,就要穿得最到位,不然,就索性不穿",好一个标准同时诱人的回答。席间我一边专注地在吃——因为那是一个经验丰富的老师傅把古法粤菜传承重现,也一边八卦着这位新相识的Manix这些年在国外工作生活的种种:1994年他从香港理工大学时装设计系毕业,那段时间我正在那里念硕士,可能有在校园里跟这位学弟擦身而过。还未毕业他就赢了第一届"皇冠国际时尚大奖"(Smirnoff International Fashion Awards)香港总冠军,代表香港去参加国际比赛,评审约翰·加利亚诺(John Galliano)对他十分欣赏,鼓励立志做男装的他毕业后该出国深造,Manix果然就到了伦敦中央圣马丁学院(Central Saint Martins)念硕士,毕业后受聘于当时得令的侯赛因·卡拉扬(Hussein Chalayan),学到许多很前卫的剪裁方法,接触很多很未来主义的物料,然后他移居巴黎,在何塞·莱维(Jose Levy)工作室工作,五年前创立自己的品牌"Laclos"。

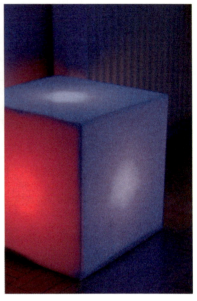

"Laclos",是多年前轰动一时的电影《危险关系》(*Dangerous Liaisons*)的原著小说作者皮埃尔·肖代洛·德·拉克洛(Pierre Choderlos de Laclos)的名字。小说的几个男女主角,就是在性、权力、欲望和报复之间挣扎纠缠,归根究底都跟性有关(It's all about sex)。而作为一个创作人、一个男装设计师,Manix 太清楚自己存在的目的和意义就在用服饰去彰显男人潜在的本质里就有的性感。性,是一切创作的原动力,对此他深信不疑,亦通过他每年每季的服饰创作去发挥表达,不管是外型粗犷肉感,但在宗教约束下斯文内敛的摩洛哥男子,还是风流成性、见多识广的巴黎男子。Manix 最新的观察和体验是,中国内地男子的性感(sex appeal)比香港男子还要强,因为他们不太在意别人怎么看,表现得更轻松随便,没有香港男子的拘谨在意。性,关键不在乎有多处心积虑、精打细算,到底还是要放得开。衣服,可以剪裁用料讲究,层叠搭配刁钻,但最后还是要一一脱下来——这是我喝多了在专业的 Manix 面前胡扯的。

一个服装设计师在他的专业领域里精益求精、尽善尽美是理所当然的,但当我知道 Manix 同时有板有眼地煮得一手法国好菜，我的兴头就来了，更难得的是从他家阳台外望，巴黎永恒的铁塔就在眼前，每夜亮灯还真的算是个耀眼的仪式。我马上就期待并计划着能够尝到这一餐，好客的他当然一口答应，这即使不是性，也是性急的表现吧。

趁着早前到欧洲团团转一圈，巴黎是必经的一站，我们到他家的晚饭时间也敲定约好。Manix 很忙，周末才到了离巴黎四小时路程的一个沿海城市参加一个全法时装大赛，在没有心理准备之下赢取了全场第一名，带着一个助手不眠不休几天为出秀做冲刺总算有

个兴奋惊喜的回报,而在传媒簇拥采访报道的折腾下,身心疲倦也是个代价。所以当我们得知他获奖的消息,捧着一束鲜花,站在他家门外按了门铃,他开门来迎接的一刻,我就知道,性,以及生活以及工作,也着实是挺累人的——"你看你,黑眼圈还在,声音还是沙哑的,怎忍心、怎好意思还要你来张罗给我们做菜做饭!"然而这位男主人还是一向的有礼好客,即使在工作室里忙得不可开交,也提早下班准备好食材,要为我们做一道很传统的法式烤蜗牛和很时令的煎带子沙拉,至于甜品,就实在没时间现做,只得买现成好了。

在这个室内几乎全白、装潢干净利落的家兼办公会客室里,Manix 几年来丰富经历用心经营的,当然比我们眼见的要多得多,而一顿并无花哨修饰的简单的晚餐,也直接反映生活的真确实在。性,不是一时之快;高潮,更是要经过累积才达致。我始终认定这个男子是性感的,时而含蓄内敛,时而张扬外露;而性感可以是勇猛的,也可以是慵懒的,变化多端才有情有趣——饭后我们天南地北聊得高兴,我更贪玩,企图穿上 Manix 上一季设计的外套,也许是开心吃多了,也许是醉了拿了件小几号的,挤进去,太贴身,百分之两百另类性感。

餐前白酒

烤蜗牛

材料:
蜗牛	约12只
牛油	适量
欧芹	适量
蒜蓉	适量

- 先将欧芹切碎,与蒜蓉及牛油混成香草牛油蒜蓉,放进冰箱内冷藏至半硬
- 烤箱预热,把香草牛油塞进每只蜗牛内,放在烤盘上以210℃烤六至八分钟
- 上碟时,以少许沙拉菜拌着吃

芦笋拌炒带子

材料:
带子	约12件
洋葱	四分之三个
甜红椒	半个
蒜头	3颗
芦笋	12根
橄榄油	适量
海盐	适量
小茴香	适量
红椒粉	适量
黑胡椒	适量
干龙篙叶	适量
干罗勒叶	适量

- 分别将洋葱、蒜头及甜红椒切碎。芦笋切段以沸水烫熟备用
- 橄榄油烧热,兜炒蒜粒、洋葱粒及甜椒粒,加入带子肉后,以调味料一起兜炒至熟
- 上碟后撒少许干龙篙叶及干罗勒叶,与芦笋拌着吃

现买芝士蛋糕

- 摆碟后,加少许糖霜即可

享乐煮妇，实在厨房

像良忆这样一个能吃能煮、
善于用文字与读者老实分享美食、
音乐、生活经验的作者，
几年下来已经累积了一叠精彩作品。
我作为忠实读者就最清楚，
良忆来往南北、吃遍东西，
却绝对不来炫耀学识，不搞艰深理论，
一切轻描淡写同时热情磊落，
种种饮食经验回忆，一头紧扣故乡祖辈亲人承传，
一头连接异国新生活现况体会。
在餐厅酒家，在菜市场，在自家厨房，在阳台香草园圃，
在度假乡居，都好奇率性地活出真性情，
不卖账，也把一切账都记在食物之上。

好久好久之前和良忆见过一次面，现在聊起来她也有这么一个记忆，但准确是在什么年份大家都忘记了。可是我倒清楚记得那是在台北的中山北路上，她穿着一袭浅色的套装衣裙，有点正式，带着我们两三个人到国宾饭店旁的一家叫红玉的台湾菜餐厅去吃晚饭，由通晓台北饮食地理的老饕带路，我是乐得超懒超轻松地一味管吃。菜都很好很地道，说起来至今印象最深刻的，竟是作为前菜的炸得酥脆可口的花生小鱼干。

之后一直没机会再跟良忆碰面，跟她的大姐良露倒是经常在台北愉快见面吃喝聊天。作为良忆的长期忠实读者，她一个"不小心"嫁到荷兰去，翻译写作的同时，在威尼斯，在托斯卡尼，在法国西南部度假小住。鹿特丹家里的厨房飘出饭香菜香的同时也继续传出她喜欢的各种与美食感官呼应的音乐，足够叫我这个有够八卦的读友又羡又妒。得知远方有这样一位全方位感知并实践美味生活的朋友，正在累积着饱满有趣的经验，也实在对我是一种刺激和鞭策。贪心好吃的我早有预谋，找个时间一定专程到荷兰，绕开那有点太热闹的阿姆斯特丹，得到鹿特丹去探探良忆，跟她逛逛市中心逢周二、周六营业的全欧洲最"长"的两公里半的露天市集，买了菜回她那处于港口边上由旧码头仓库改建的被保育活化的公寓里，在那有若教室讲台一样的厨房里，偷师学上三数道她拿手的兼通东西的美味家常菜。

这个嘴馋大计差点被那忽然跑出来的冰岛火山云中途打断，但嘴馋瘾起的我一意孤行，怎么也坚持让摄影助手大陈几经后补座位登上航班也得飞来欧洲与我们会合。其实当时真的忘记了一件事，良忆的荷兰丈夫乔布除了是科技大学里的研究员，也是业余摄影高手，危难中也该可以伸出援手，记录我们这一趟聚餐滋味。

良忆细心，早就为我们订好了一艘停泊在河道中的船屋旅舍，让我们这三个第一次到鹿特丹的旅人有一个难忘的港都经历。我这个家住香港离岛、每天乘船往返城里岛上的家伙，十多年来已习惯浮浮沉沉、脚不踏实地来往奔波。一来到这船屋自然大呼过瘾，加上船舱里睡房整洁，厨房设备小巧齐全，令刚刚经历过柏林民宿旅舍的高挑空荡和巴黎旅馆的浅窄挤迫的我，进入这五脏俱全的船舱，竟有一种出门远游后回家的感觉——我想很主要的原因是有了一个可以由自己掌握操控的厨房。

然后手机响起来了，良忆在桥头出现了。我走出甲板使劲地挥手，迎接这一别经年的重逢一刻。自言以朴素街坊装出现的良

忆,神清气爽,她巡视了为我们挑选的这条船,直呼真不错。然后我们就在甲板上有如露天咖啡座的桌椅间喝茶聊天,话匣子一开,我们的八卦,我们的嘴馋贪吃,我们的选择喜好实时接轨连线,嘻哈起哄。良忆和我都马上知道,我们都不必恭恭敬敬、惺惺相惜了,我们根本就是一伙,如果马上要入厨卷起衣袖舞刀弄铲,我们该是好拍档。

余下的傍晚,我们马上被这位临时导游带到一街之隔的市中心热闹点走了一转,在一家十分地道的荷兰小酒吧里见识了几种口味不同的荷兰啤酒和经典小吃炸薯蓉肉丸子,也领教了一下侍应长的实在不太好笑的荷兰式幽默。良忆一再提醒我们,荷兰人祖辈以来都是清教徒,生活刻苦俭朴,绝对是"吃是为了活着"(eat to live)而不是"活着是为了吃"(live to eat),所以先不要对他们的地道食物有太大的幻想期待。但也正因为这样,他们也十分自知、谦逊同时包容,开放接受各地移民口味。从早期的印度尼西亚、中国、非洲移民带来的饮食选择,到后来的土耳其、东欧族裔的生活习惯,对于民族融合这一点,荷兰人的确十分自觉并努力实践,而鹿特丹作为荷兰以至欧洲最大的海上门户,更有这容人之量。

一边吃喝一边聊天,快乐不知时日过,这位"煮妇"是时候回家准备是日晚餐了。我们更约好

隔天一起再逛周末露天菜市场，看来这位女主人已经早有组织预谋，以南欧轻食"tapas"的形式做出一桌美味，我当然乐得打打下手，闯入她家厨房做个快乐帮工。

有朋自远方来，鹿特丹以温煦阳光、交加雷电、刺骨寒风、连绵大雨小雨让我们感受这个港都初夏的多变天气。无论是晴是雨，我们都没有辜负，都在外头走动，我也暗暗争取机会体验一下良忆当年作为一个成熟独立的异国女子，闯进这个陌生环境里，要开展一段感情关系，要落地真实生活的种种意料之内之外的情况。当然每个人有其不一样的存活能力，好好生活的同时也为旁人带来刺激、参考和鼓励。特别像良忆这样一个能吃能煮，善于用文字与读者老实分享美食、音乐、生活经验的作者，几年下来已经累积了一叠精彩作品。我作为忠实读者就最清楚，良忆来往南北、吃遍东西，却绝对不来炫耀学识，不搞艰深理论，一切轻描淡写同时热情磊落，种种饮食经验回忆，一头紧扣故乡祖辈亲人承传，一头连接异国新生活现况体会。在餐厅酒家，在菜市场，在自家厨房，在阳台香草园圃，在度假乡居，都好奇率性地活出真性情，不卖账，也把一切账都记在食物之上。

我深信一个传统菜市场绝对有资格反映甚至代表一个地方的人情关系、性格特征以及经济民生状况，所以和良忆约好游逛鹿特丹最大的周六露天市场，不只为我们即将要做的一桌好菜准备材料，更像在做田野调查。

当然良忆已经是此间熟客，一众相熟的档主，卖鱼的、卖菜的、卖水果的、卖香料杂货的，都一一把这个娇小灵巧的东方女子给认出来，大方地算她便宜点也给她挑点新鲜上好的。这倒确实是一种江湖地位，是这条"食物链"上紧密互扣的一种"亲情"。我们更到了市场侧面一档室内的意大利食材专门店去买风干火腿和腊肠，当我见到那肥腴甘美的盐渍猪膏更忍不住也买了点。路过花档也愉快地选了亮黄郁金香和粉白杏花，高高兴兴地

回家做饭去。

回到良忆这个面向港口的阁楼（loft）格局的二百多平米的家，整个生活空间都以开放式处理。除了卫浴室由两个小货柜组装，这室内装潢可是良忆丈夫乔布一手策划设计，更乐于自己动手，为求合适贴心。一排书架依墙而建，早已堆得满满，另一墙是良忆的音乐选择，马上叫我记起当年阅读她将音乐配上美食的深情创作。房子正中当然是女主人的舞台，一个"升级"了的料理台，背后就是冰箱、烤箱和橱柜，格局绝对可以容进一队摄制组来录像。良忆从小进出厨房，厨艺已有专业素养，但却不必作秀应酬，饮饮食食完全是夫妇俩以及亲朋好友间的日常实在。一切兴之所至，手到擒来，也不必刻意强调什么减碳乐活，反正自有个人原则态度，但求轻松自在。

也就是在这个私密同时开放的空间里，良忆几年下来完成了她众多的翻译作品；好几本在欧洲大城小镇短暂度假居留的生活速写；还有充满故乡与异乡亲情友爱、饮食回忆的《吃东西》；走遍欧洲十三个市集的超新鲜、超实用指南《在欧洲，逛市集》。那种得天眷顾，感恩之余，热切把经历感受与人分享的兴奋冲动心情，我这个同行兼同好该是最了解的吧。每趟回家就是为下回出门做好准备，早就习惯在案头埋首努力也善于在外头奔波游走的她，已经既浪漫又实在地与丈夫商议筹划下一个迁移动作了。

在这个摄影器材设备足够（都是乔布的玩意儿）但也不必打灯聚光的午后，良忆一妇当关，在我们的连声欢呼下，变魔术似的边谈笑风生边做好腌橄榄、烤甜椒、鲑鱼配意大利节瓜、酸奶拌青瓜、烤西红柿串、辣椒大蒜虾仁等五六道小菜,最后还来一尾烤海鲈鱼配蔬菜,临时加一个说好要做的红菜头片沙拉。我们一边听着良忆挑选的塞内加尔乐团猴面包树乐队(Orchestra Baobab)*Specialist in All Styles* 的风骚热闹,台湾独立乐团"静物"的女歌手莉萨(Lisa)的真情率性和台湾原住民歌谣老大胡德夫先生的厚阔吟唱,一边在主厨身边帮忙洗洗切切、摆摆盘,到最后大家也忍不住就高高兴兴开吃起来。已近傍晚六七点,但室内还是亮如白昼,我们吃着喝着,认真八卦着相熟的、陌生的人情家园、小事大事,再一次在低头若有所思和开怀哄然大笑间感谢上天安排一别经年再遇。认定我们根本就是同一伙。

黑橄榄青橄榄
分别以香草、橄榄油和小辣椒再加工腌上两天，更合自家口味

意大利风干咸腊肠
切成薄片，上碟做下酒菜

2 手切薄猪油片
- 在市场现买的猪油片(lard)，铺在碟上，以细葱(chives)点缀

4 生火腿饼干棒
材料：
意大利生火腿(prosciutto)　1包
意大利饼干棒　1包

- 以生火腿薄片包卷在饼干棒上即完成

凉拌甜红椒
料：
红椒　3只

先把烤箱以200℃预热。把甜红椒放进烤箱中，十五分钟后打开烤箱将红椒转面，继续烤十分钟，这时整只红椒表面焦黑，以纸袋或耐热塑料袋包好，待凉后便轻易地撕掉表皮。切开后把籽和蒂去掉，切好以橄榄油、白酒醋、意大利陈醋、盐、现磨黑胡椒调味。放入冰箱腌一天时间再吃最对味。上碟前撒上番芫荽碎，色香味十足

酸奶拌青瓜
料：
瓜　2条　　薄荷叶　数片
头　1粒

先把青瓜去表皮，切开两半，去籽再切成小厚片。以少许盐拌匀以出水，腌约半小时后冲水，把水分挤干
分别将蒜头、新鲜薄荷叶切碎
将以上三种材料拌匀，以少许盐、白胡椒粉、橄榄油、红甜椒粉及希腊酸奶一起拌匀。味道浓淡以个人喜好而定，不必成规

烟鲑鱼拌意大利节瓜
料：
大利节瓜　1条
鲑鱼　1包

青瓜切成厚片，以少许橄榄油轻微烤炙过，抹上奶油，烟鲑鱼撕成一寸粗的长条，用手卷成一撮放于上面。可视口味撒盐和胡椒

8 烤西红柿串
材料：
小红西红柿　1盒

- 把连枝茎的小红西红柿放在烤盘上，撒上橄榄油、现磨黑胡椒及少许海盐，然后放进预热的烤箱里以180℃烤约二十分钟

9 凉拌甜红菜头
材料：
现买的冷冻红菜头　1包
意大利帕玛臣干奶酪(Parmasen cheese)　适量
松子　少许
火箭菜　适量

- 松子炒香，甜菜头切薄片，铺好在碟上，以盐、现磨黑胡椒、意大利陈醋调味，最后撒上松子和干奶酪即完成

10 辣椒蒜香炒大虾
材料：
虾　8只
红辣椒及蒜头　适量
罗勒叶　1束

- 热锅里烧热橄榄油，以小火炸香红辣椒片及蒜头片，放进虾继续炒
- 以罗勒叶、盐、现磨黑胡椒调味，再加少许番芫荽，最后榨少许鲜柠檬汁及柠檬皮屑，完成

11 烤鲈鱼
材料：
鲈鱼　1条
茴香、红洋葱、甜红椒　适量
意大利节瓜　1条

- 烤箱以200℃预热。茴香、红洋葱、甜红椒、意大利节瓜一一切好，还有连外皮的蒜头一起放于烤盘上。浇上橄榄油、盐、黑胡椒，然后放进烤箱烤约十分钟
- 鲈鱼抹干表面，放三片柠檬片、茴香、杂香草于鱼肚内，鱼的表面割几刀，把盐及黑胡椒撒在鱼身上，再以橄榄油抹匀后，置于蔬菜上继续烤约二十分钟左右(180℃)，取出把鱼转身，少许橄榄油及柠檬汁浇面，再烤五分钟左右。上碟时撒一把番芫荽

魔椅柏林

很羡慕甚至妒忌那些趁着青春已经闯荡过、勾留过这里那里的友人。
真正叫我尊敬的是他们并不是走马观花，
而是真正豁出去也花得起——花得起时间又有用不尽的精力，
当旺的一刹尽情燃烧，
得来种种经历足够一辈子享用。

就像认识的一位台湾好友铭甫，
保持每年几乎有三分之一的时间在国外，
而且不是随便走走看看，每次都定点深入一个地方，
而近年最叫他梦萦魂牵的一个地方就是柏林。

原来有些人是注定要快活,而且是快活在路上的。

一直希望自己也是当中一员,但实际上还是未放得下,总是黏着那一两个地方,更不长进就只黏在表层,连"自己的"地方也未有能力深深地钻进去,以为来日方长,其实是时日无多。

所以就很羡慕甚至妒忌那些趁着青春已经闯荡过、勾留过这里那里的友人。真正叫我尊敬的是他们并不是走马观花,而是真正豁出去也花得起——花得起时间又有用不尽的精力,当旺的一刹尽情燃烧,得来种种经历足够一辈子享用。我们这些坐在旁边听得目瞪口呆的,总认为有朝一日退休就可以出发上路——只怕是到了那个时候体力衰退而且成见太深,并不像年轻时候的凌厉挑剔,尖锐抵死。

趁还未太迟就赶紧出发吧,如此这般其实是慢不得的。就像认识的一位台湾好友铭甫,保持每年几乎有三分之一的时间在国外，而且不是随便走走看看，每次都定点深入一个地方，而近年最叫他梦萦魂牵的一个地方就是柏林。

早在十多年前，铭甫已经在柏林住了半年，而且"一不小心"住到普林兹劳尔山栗子大街86号，一个充满另类精神、理想主义的街区——"每一次归来，都会从头到尾再把这条街好好走一回，泡泡昔日的咖啡馆，吃吃过去老邻居做的全麦面包。依旧去那家破落且低调的电影院，以及逛着路口那家充满大麻烟味的唱片行"。

　　铭甫喜欢的柏林，当然不止于那里的牛奶咖啡，他看见的柏林，一向是反文明的：反对机械取代人工，反对工厂取代家庭，反对集体取代个人，反对大众排挤小众，当然也反对战争。所以柏林这个地方，标榜的就是另类——朋克音乐、嬉皮文化、公社运动、跳蚤市场、涂鸦、同志社群、有机饮食、前卫艺术……凡此种种都拼凑起一个乌托邦一样的现代的柏林，里面满载的是有独立个性态度的个体，有多元文化的丰沛生命力，有不同族群间惊人的包容力。作为一个对自己负责任的"路人"，在大环境里取得越多，就越有冲动也越懂得如何回馈，对人、对社会、对世界。

所以铭甫也把他的在游走过程中养成的另类习惯——对跳蚤市场二手家具的钟爱，对咖啡店的迷恋，变成了一项营生，在自己的老家台北，先后开了两家叫作"魔椅"的店、一家叫作"学校"的咖啡店。而这个不是在离家路上就是在回家路上的天涯浪子，带着他的几把旧椅子，还有餐桌、梳妆台、茶几、灯饰、杯碟、衣架、烟灰碟、挂钟、壁纸、绘本、杂志等新旧家当，从台北走到柏林走到北京走到香港。每一趟在这里那里碰上他，坐下来喝茶聊天的时候他都会稍稍皱一下眉，一脸认真地说："唔，最近好像忙了一点累了一点，是时候该好好休息一下。"——然后一转身他又马上告诉我下个月、明年、后年以及十年、二十年的计划和愿景，而更恐怖的是，他说得出就做得到。短短几年间，他曾经把家具店开到了北京798艺术区，把收来的家具杂物售与在上海及香港的同道友人，反正我们这些相熟的每次经过，就嗅得出这是铭甫的气味，认得出是他的眼光。

　　说了这许多趟，终于决定要到柏林探老朋友，而且要在他家

里为他做一顿饭,还要到他熟悉和喜欢的土耳其人聚居的市场里去买各种食材,混搭出一顿兼具柏林、土耳其、台湾、香港风格和滋味的午饭。

每年留驻柏林半年的铭甫几乎已经是海峡两岸暨香港驻柏林非官方代表,媒体朋友来此都乖乖地来跟他拜码头,跟他一起走在他喜爱的栗子大街上东张西望,去泡他最喜爱的咖啡馆,到那些杂植花生树的小公园里跟小孩们一起嬉戏。一边在路上闲荡着,一边与他交换着我这个"新人"与他这个"老鬼"对柏林的观感。那种什么也不在乎的慵懒生活情状当然很吸引人,但我倒有点夸张地觉得地铁里或者咖啡厅中甚至路旁坐在我对面的这位那位都好像未睡醒,更有点像刚起来就打了人或者被人家打过。这样说来,并没有对柏林人不敬的意图,说得文艺一点就是每个人都好像有很多很多故事写在脸上,甚至脸庞太小故事太多,都写不下了,那种沧桑不只是皮肤不好、眼圈太黑,那是非比寻常的生活经历的层层累积。

看来也是时候了，该以一个中年的，有点冷静、有点落寞、有点孤独但还有点好奇、有点冲动的复杂心态，一步一步地走进柏林。路的另一端该是一种并不存在于现实中的清静和沉默，这也该是很多柏林人的终极追求吧。他们都有过狂飙浪荡的年轻岁月，好不容易来到今天，可以站到另一个位置和角度观看自己的历史和继续体会当下。如果错过了自己的年轻日子，又无意硬闯身边小朋友的欢乐时光，就该来柏林这并不打算完全翻修如新的街区走两圈，来了你就明白我在说什么。

　　我一来到这个城市，便如获至宝似的疯狂喜欢上这里！柏林，摆在历史里，硬是掷地有声！我其实更爱的，是这个看起来宛如死灰槁木，爹既不疼娘也不爱的城市，竟然有着置死地而后生的坚韧活力。很少有一个城市，会把地下文化变成主流文化。

香菇蒜头鸡汤

材料：
鸡	1只
干香菇	8个
蒜头	5个
芫荽	1束

- 先将干香菇以水泡软，蒜头去衣，鸡清洗干净
- 锅中水烧沸后把材料放进，大火烧开后以中火烧约一小时三十分即可。以少许盐调味，芫荽做伴增添香气

土耳其沙拉

材料：
火箭菜	60克
土耳其乳酪	2片
土耳其小麦饭	半盒

- 火箭菜洗净后沥干水，将土耳其乳酪以手撕细片，与火箭菜及小麦饭一起拌匀，浇上橄榄油即成

干葱拌菜饭

材料：
米饭	2碗
菠菜	500克
鹅油干葱（或炒香的红葱头末）	300克

- 菠菜洗净后切末，在油锅中炒熟时，把煮好的饭加进一起炒拌至入味
- 最后拌入鹅油干葱即完成

薄荷茶

材料：
新鲜薄荷	1束
蜜糖或原糖	适量

- 薄荷叶泡在沸水中，以蜜糖或原糖调味

秋高，气爽，身心野餐

身处香港这个钢筋水泥大都会也还算幸福，
一时心野想去野餐，
其实还是有不少选择。

离市区最近十五分钟最远七八十分钟，
就可以一尝在森林和原野的痛快滋味。
虽然高楼大厦以及城市烟尘都遥遥在望，
但至少已保持了一定的生理、心理距离，
已经满足了偷闲欲望。

要谈什么严肃认真的政经大事,他们当然都不会来找我。但到了一切正经八百的事情都处理好(或者永远处理不好),开始进入更重要的议题——到哪里去吃饭——我的电话就响起来了。喂喂喂,我们有三个人,喂喂喂,我们一共有八个人,喂喂喂,有几个朋友从内地来,从外地来,你有什么建议,该到哪里去,该吃什么?

哪怕再忙再乱,一接到这些"求救"电话,我自当乐意担当这个本地的二十四小时全天候美食导游,甚至热衷充当点菜的角色。天生嘴馋贪吃,不必躲避。所以三两回合大家对推介还满意,就进一步地挑战我。喂喂喂,你是否只是说得一口好菜,究竟你自己下不下厨?

这样一问,可真挑起我那根好胜逞强的筋。当然我真的没有师事米其林三星大厨,也没有站过店堂、做过服务员,但我倒凭那在外头吃喝的味觉经验,大胆地入厨舞刀弄铲。如果更大胆,我会欣然告诉面前的他和她,找个机会来吃我做的菜。他和她听了当然高兴,也就毫不客气地连日子也定好了。既然大家兴致勃勃,我就更进一步——大伙躲在家里吃没什么新意思,要不我们就到郊外去野餐吧!

一言既出,才知觉到真的好久好久好久没那么幕天席地地玩过了。一时间肾上腺素分泌上升,心跳加速、手心冒汗,也就冒出了一个在秋日艳阳底下的有前有后、有饮有食的菜单:

杂莓、桑葚醋饮
辣味鳄梨鸡蛋酱配墨西哥玉米片
羊奶奶酪西瓜凉拌
泰式柚子金不换凉拌
出炉叉烧配蜂蜜龙眼肉蘸酱
香茅柠檬茶
桂花、红豆、洋菜凉糕

既然有了这么一个大致构想,就得在家里橱柜中翻江倒海,找出一批不易摔破且容易清洗的餐具盛器,主要还是以大家都有

点遗忘了的搪瓷器皿为主，再配上适量的手工玻璃杯和手工瓷碟，以及可以持续重用的轻便环保餐具。摇一个电话向热衷登山露营的好友借来一套小巧实用的野外炊具，而且还是酷得可以的炭黑色。买来的新鲜食材都得置在放满冰块的手提冰箱里，以保证凉拌的冰凉口感在荒山野岭里也无损失影响。

这样拿着写好的食材单子在菜市场、超市和烧腊店内走了一转，两手提着好重好重，但心情却超轻松超兴奋，就像小学生秋季大旅行出发前一般雀跃。

身处香港这个钢筋水泥大都会也还算幸福，一时心野想去野餐，其实还是有不少选择。离市区最近十五分钟最远七八十分钟，就可以一尝在森林和原野的痛快滋味。虽然高楼大厦以及城市烟尘都遥遥在望，但至少已保持了一定的生理、心理距离，已经满足了偷闲欲望。

这回选择的出游地更是在香港岛东南面的一个小岛东龙洲，避开了周末攀岩和露营的旅游人，花了一点钱专聘一艘快艇，在海上飞驰十来分钟就神奇抵岸，沿着石滩小路往露营大草地走去，也是不出十五分钟的路程，对我们这些贪新鲜又实在懒走动的家伙来说，最好不过。

非周末的郊野公园实在是个好地方。天大地大，四野无人，餐桌、餐椅、烧烤炉一应俱全，叫大伙忽然都有成为庄园主的感觉。既是主人，就更加要主动，在我权充司令的指挥下，大伙七手八脚就把一道又一道设想中的美味实践成真。切西瓜的，剥柚子皮的，以瓶装水洗净香草的，以及生火煮茶的，置放桌布、杯盘碗碟的……难得大家都分别从繁忙中跑脱出来，肆意心野，即使是同样的菜式，一来到艳阳下都显得格外活泼、分外有滋味。秋日午后在自家离岛后花园欢乐片刻，竟然开启了日常生活的另一种可能。

杂莓桑葚醋饮（6人份）

材料：
草莓	约15粒
蓝莓	约10粒
红莓	约20粒
桑葚醋	适量
矿泉水	适量
冰块	适量

将草莓、蓝莓、红莓用矿泉水洗净，草莓去叶梗并切半
用宽口水瓶按自己口味以矿泉水调开桑葚醋，把果肉放进泡浸片刻
放入冰块，即可注出饮用，透心凉快

辣味鳄梨鸡蛋酱配墨西哥玉米片（6人份）

材料：
熟透鳄梨	3个
鸡蛋	3个
辣椒粉	适量
柠檬汁	适量

- 将鳄梨剖开挖出果肉并捣碎
- 鸡蛋预先煮熟，剥开切小粒
- 将鳄梨果肉与鸡蛋碎拌匀，挤进少许柠檬汁
- 撒上少许辣椒粉，吃时配以即食墨西哥玉米片，最佳餐前开胃菜

羊奶奶酪西瓜凉拌（6人份）

材料：
无籽西瓜	半个
葡萄柚	1个
薄荷叶	1小束
去核油渍黑橄榄	10粒
初榨橄榄油	适量
羊奶奶酪	1小片

先将西瓜取肉切丁放于盛器中
薄荷叶洗净撕碎叶片撒于西瓜上
葡萄柚剖半取果肉，橄榄切小丁，和橄榄油拌匀一起浇于西瓜上
以小匙挑捏羊奶奶酪置于盆中，红绿黑白，色诱一众

泰式柚子金不换凉拌（6人份）

材料：
柚子肉	6大片
泰国金不换(thai basil)	1束
香叶	1束
已炸好的红葱头片	适量
已炸好的虾米	适量
红辣椒	1个
橄榄油	适量
青柠檬	2个

- 先将柚子肉拆碎
- 金不换叶洗净，手撕成小片，与柚子肉拌匀
- 红辣椒切碎，青柠檬剖开榨汁，和橄榄油拌匀成酱汁
- 将酱汁浇进，与柚子肉拌匀
- 撒进预先炸好的红葱头片及虾米，山野间演绎泰国风情

出炉叉烧配蜂蜜龙眼肉蘸酱（6人份）

材料：
广东叉烧厚切	12件
新鲜龙眼	20颗
罗勒叶	1束
有机蜂蜜	适量
有机菠菜	1小包

有机菠菜洗净拭干，先铺碟备用
龙眼剥开去核取肉，加入切碎的罗勒叶，并拌进蜂蜜成蘸酱
将厚切叉烧置于菠菜上，浇上蘸酱配以薄饼或烧饼同吃，简易美味的一道主菜

香茅柠檬茶（6人份）

材料：
香茅	3枝
柠檬	1个
速溶红茶包	2包

- 香茅取嫩芯部分，切细
- 柠檬切小片
- 以小茶壶烧开水，泡进茶包、香茅及柠檬片
- 饭后甜品时间与买来的桂花、红豆和洋菜凉糕边饮边吃，完美不是句号而是开始

后记　共饭人

乐此不疲做饭人，首先要感谢诱发这一顿又一顿饭且提供媒体发表平台的两位好友阿龙和三三。

迪新、浩然、雁刚几位摄影师的精彩记录当然功不可没。

一同上路且在厨房里在我身边撑起大半边天的 M 最懂得控制分量和品质。

对于所有大胆勇敢地打开厨房让我进去捣乱的新朋旧友我实在无以为报，至于他们终于按捺不住先下手为强成为共饭人，免我坏了美味好事，我乐得偷懒只会偷笑。

谨以此书献给来不及像过去一样为我的出版物把关校对，现在在天一方永远守护着我的我的至爱母亲。

应霁
二〇一一年五月

Home is where the heart is.

01 设计私生活
上天下地万国博览,人时地物花花世界,
书写与设计师及其设计的惊喜邂逅和轰烈爱恨。

04 半饱
生活高潮之所在
四海浪游回归厨房,色相诱人美味DIY,
节欲因为贪心,半饱又何尝不是一种人生态度?

02 回家真好
登堂入室走访海峡两岸暨香港的一流创作人,
披露家居旖旎风光,畅谈各自心路历程。

05 放大意大利
设计私生活之二
意大利的声色光影与形体味道,
一切从意大利开始,一切到意大利结束。

03 两个人住
一切从家徒四壁开始
解读家居物质元素的精神内涵,
崇尚杰出设计大师的简约风格。

06 寻常放荡
我的回忆在旅行
独特的旅行发现与另类的影像记忆,
旅行原是一种回忆,或者回忆正在旅行。

Home 系列（修订版）1-12　◉　欧阳应霁　著
生活·讀書·新知 三联书店刊行

07　梦·想家
　　回家真好之二

采录海峡两岸暨香港十八位创作人的家居风景，
展示华人的精彩生活与艺术世界。

10　香港味道 2
　　街头巷尾民间滋味

升斗小民的日常滋味与历史积淀，
香港美食攻略地图。

08　天生是饭人

在自己家里烧菜，到或远或近不同朋友家做饭，
甚至找片郊野找个公园席地野餐，
都是自然不过的乐事。

11　快煮慢食
　　十八分钟味觉小宇宙

开心入厨攻略，七色八彩无国界放肆料理，
十八分钟味觉通识小宇宙，好滋味说明一切。

09　香港味道 1
　　酒楼茶室精华极品

饮食人生的声色繁华与文化记忆，
香港美食攻略地图。

12　天真本色
　　十八分钟入厨通识实践

十八分钟就搞定的菜，以色以香以味诱人，
吸引大家走进厨房，发挥你我本就潜在的天真本色。